二七二建厂60年献礼《文化铀城》丛书

魅力铀城

何中华 著

团结出版社

图书在版编目(CIP)数据

魅力铀城 / 何中华著. -- 北京 : 团结出版社，
2018.1
ISBN 978-7-5126-5953-7

Ⅰ. ①魅… Ⅱ. ①何… Ⅲ. ①报告文学-中国-当代
Ⅳ. ①I25

中国版本图书馆 CIP 数据核字(2017)第 324972 号

出　　版：团结出版社
　　　　　（北京市东城区东皇城根南街 84 号　邮编：100006）
电　　话：(010)65228880　65244790
网　　址：http://www.tjpress.com
E－m a i l：65244790@163.com
经　　销：全国新华书店
印　　刷：湖南鑫成印刷有限公司
装　　订：湖南鑫成印刷有限公司

开　　本：170 毫米×240 毫米　　　　1/16
印　　张：15.5
字　　数：150 千字
版　　次：2018 年 1 月　第 1 版
印　　次：2020 年 7 月　第 2 次印刷

I S B N：978-7-5126-5953-7
定　　价：58.00 元

序 六十年留声

2018 年 5 月 31 日,二七二将迎来——六十年华诞。

有人问:这书为什么取名《魅力铀城》?

魅力一词,辞海解释:特别有吸引力、迷惑力。

刘白羽《日出》:"登高山看日出,这是从幼小时就对我有魅力的一件事。"

魏巍在《谁是最可爱的人》一文中写道:"祖国呵,你能告诉我吗? 你的未来的道路究竟有多宽,多远,多美呵,你是以多大的魅力在吸引人们!"

"二七二"一组神秘的数字,一次次的蜕变,一次次变的强大而有魅力。

有人问,我在这里生活了几十年了,也不觉得二七二有多好啊! 好,只是一种感觉。你生活在这片日新月异的土地上,难道没有觉得自己正被幸福感包围着吗?

《魅力铀城》全书报道了二七二 60 年的人事变迁。从一次创业到中国第一颗原子弹爆炸成功;从二次创业到"天友化工品牌创立""核电之光"普照神州大地;从企业转型升级,再到湖南白沙绿岛"军民融合"产业基地逐梦起航。期间,二七二人有过凤凰涅槃,浴火重生的彷徨与阵痛,闯过艰辛荆棘满布的丛林,最终迎来了充满希望的春天!

无论是中国梦、中核梦、还是铀业梦,铀城人应该有自己的文学梦。

我深信,文学与人生亲密无间。文学虽不从属于政治,但是文学应该反映出一个时代的政治生态。《魅力铀城》它传播的不仅仅是一种文化,更是一种精神气象、一种情怀、一份责任与担当。书中的文字,真实、淳朴,有感悟、有反思、有国家民族的苦闷挣扎,更有企业的披荆斩棘、涅槃重生。不过我觉得用"文学应给人以思考"更合适些。如果以食品为例:文学给读者的不应是面条、包子、馅饼,而应该是面粉、肉、菜,用它们做些什么东西,要让读者按照各自的生活习惯与体验,自己去选择和决定。作家叶香一般不把现成的思想灌输给读者,而是通过他讲述的人的命运与故事,给读者更多的思考空间。

文学的人文价值,重在给人精神上的鼓舞与启迪。我认为:"人生有多丰富,文学就有多丰富。优秀的作家,唯有贴着灵魂的写作,才能写出伟大的现实主义作品。"一部优秀的文学作品可以历久不衰,历久弥香,甚至可以穿越时空,长久流传,直至永远。

两千多年过去,当年威焰赫赫的汉武帝早已成冢中白骨,刘家的江山早已灰飞烟灭,《史记》却一日日重了起来,成为中国历史上的一座山峰。它放出光明,照着一茬茬的人,并在他们的心中滋生出巨大的力量。无论你有多好的计算天分,也算不出那力量究竟有多大。

有人说,企业出书没有必要,关键是读的人少。他们忽略了一项重要的东西:"历史与人文。试想一个企业能够出书,说明她有自己的文化,文化是企业的灵魂。灵魂在,企业就会永存;还有人说,文学是闲书,是专门给人们在空余时间消遣的;更有人说,文学可以陶冶人们的情操,洁净人们的心灵,但我认为,文学的力量远远不止这些,它可以促进社会进步,可以改变世界。"

可以说,文学熏陶人们的思想,培养人们的道德修养,引发人们的创新思维,引导一个国家发展。文学是一个民族的灵魂,也是一个民族智慧的结晶,文学在一定程度上塑造了一个民族的形象。同时,文学是推动社会变革、推动社会前进的不可低估的力量。

我们这一届领导的宗旨是:"将二七二打造成百年老店!"

我们打造的不仅仅是文化,也是企业的一张名片。时间是最好的东西,它可以淡忘一切,沉淀一切,也会留下一些有价值的东西。

千言万语浓缩成一句话:"这片生生不息的土地,孕育繁衍了几代铀城人,而我们给予的回报,真的太少太少。"

我们能够享受今天的幸福生活,是因为几代人付出的艰辛和努力。我认为:企业家要有匠心精神,几代人要专注做一件或几件事情,我们的事业才会成功。因为任何事情都有它的两面性,一个人、一个企业的能力毕竟有限,没有人可以左右一个时代,历史的车轮总是滚滚向前。谁能做到生命无暇,谁又敢说,职业无憾呢?

企业的成长之路、竞争之路,都是企业发展的必由之路。或多或少都会经历阵痛,企业有竞争才更有野性,更具活力,所以泥沙俱下,但最终会大浪淘沙！光荣的二七二，是一部卧薪尝胆、奋发图强、艰苦奋斗、不断攀登的创业史。同时也是一部凤凰涅槃、欲火重生的发展史。这里有一次创业的国家级、省部级劳模："范石坚、刘敬裘、龙云桢、马昭文、何文元。"二次创业的省部级劳模"万克松、康华秋，有荣获全国五？一劳动奖章的王华、蒋树武同志，还有新时期的省、部级劳动模范周富强、胡锦明等许多先进集体和先进个人，他们始终把创业奉献、爱岗敬业作为自己的人生追求与梦想。"

在这里，你也许会问，二七二发展要靠谁？我十分坦诚地告诉你："要靠我们新一代二七二人。"

六十年的沧桑巨变，六十年的薪火相传。二七二总是以其独特的魅力，伫立于湘江河畔，强盛不衰！

诚如谢凌峰总经理所说："湖南白沙绿岛军民融合产业园基地的打造成功，希望更多的企业和企业家参与到产业园的生态建设中来，人生是如此的精彩，尽管道路依然漫长，翅膀仍然沉重。但我们的中国梦，中核梦，还在继续着，将生生不息！"

让我们走进二七二，走进《魅力铀城》，走进这一座正在开放的世外桃源。

是为序！

姚泽军

2017 年 10 月 25 日

（作者系中核二七二铀业有限责任公司公司党委书记）

目 录

第 *1* 部分

艰苦

魅力铀城
MEI LI YOU CHENG

创业

　　1958 年，核工业的拓荒者从四面八方来到二七二厂，开始了长达半个多世纪与世隔离的核军工建设与生产。

　　光荣的二七二，是一部卧薪尝胆、奋发图强、艰苦奋斗、不断攀登的创业史。同时，也是一部凤凰涅槃、浴火重生的发展史。

　　被称为"龙头"的二七二厂穿着草鞋起步，仅用五年时间建成了中国第一条"铀水冶、纯化"生产线，生产出合格的铀原料，为中国第一颗原子弹、氢弹爆炸成功立下了汗马功劳。

▶▶▶

"衡阳铀厂"的选址

衡阳铀厂始建于 1958 年 6 月, 是核工业"三矿五厂"之一, 是原苏联援建的重点建设项目之一, 是中国第一座大型铀水冶、纯化厂。

衡阳位于湖南省中南部, 地处南岳衡山之南, 因山南水北为"阳", 故得此名; 又因"北雁南飞, 至此歇翅停回"栖息于市区回雁峰, 而雅称"雁城"。

衡阳是湖南省以及中南地区重要的工业城市, 是国家承接产业转移示范区以及全国加工贸易重点承接地, 是中国制造 2025 示范城市, 也是国家批准的湘南最大的发展城市, 城市人口可扩张 300 万人。

衡阳历史悠久、山水优

衡阳迥雁峰

美,以石鼓书院为代表的人文景观与以南岳衡山为代表的自然景观遍布,同时衡阳是中国优秀旅游城市,衡阳会战的悲壮也使之得到了"中国抗战纪念城"的称号。

衡阳地理区位优越,濒临湘江,"耒河、蒸水河、湘水"三江穿城而过,是湖南省以及中南地区重要的交通枢纽之一,多条高速公路、铁路干线在此交会。南岳机场于2014年12月23日通航之后,更加缩短了衡阳与全国各地联系的距离。

在人文荟萃,美丽衡阳的东阳古镇,湘江在这儿转了一个弯,成U字型向东流去。这片山林形成了一个湘水环抱的绿色半岛,一座大型的核军工企业诞生于六十年前。

让我们以长焦距镜头切换到六十年前的今天。

1954年地质部在广西富钟县发掘"开业之石"后,地质部组成的地质勘测队,对湖南、江西、广东、福建、贵州南方六省进行勘测。在湖南郴县、衡阳大浦、江西上饶发现了贮量丰富的铀矿。

根据党中央和各路专家的意见,当时确定的选址原则是:就矿建厂,或搞区域性的处理厂,符合环境保护要求,更符合"大三线"军工厂的要求"分散、隐蔽",这是上世纪五、六十年代国家为战备之需兴建的"三线建设"军工企业。这一片寂静的山水,将那一代科技人员和工人挥洒的青春,收纳在高大的树阴里,湮没在凄凄的芳草间……

1956年8月中旬,选厂工作组陪同苏联专家柯里波.马里采夫等,先后考察了

1985年,苏联专家在选址途中

湖南郴县的金银寨、衡山县的大浦和广东的鹿狐顶等地区,提出了在金银寨地区或衡阳地区建厂的两个方案。

1957年1月至3月,冶金部勘察公司四一一勘测队根据冶金部三司提交的技术任务,分别对东阳渡地区面积为4.2平方公里的土地进行勘测。所测场地包括:工业场地、工人村场地、东阳渡车站北面的小河,工业水源地和生活水源地湘江断面上河床,尾矿坝坝线等基础工程地形测量面积为25平方公里。该所完成的地形测量工作达到了规范的要求,汇制了地形图和平面设计图,地上和地下管钱以及编制技术设计之图。

勘测队树起了高高的钻井架,在1.4平方公里的土地上,钻了几百个探点,每个钻探点的深度都上百米,钻井的总深度达到了185米,相当于60层楼高。大口径的钻头,在山坡、沟壑、田埂上,日夜不停地开钻,隆隆的机器在山谷回荡,平静的荒原一下子热闹了起来。

衡阳的春天,雨水较多,勘测队的同志为了赶任务,小雨小干、停雨大干,一身雨水,一身淤泥。

到1957年6月,历时3个多月,完成了钻探任务。二机部通过对湖南郴县的金银寨、衡山县的大浦和广东的鹿狐顶等地区勘测后,对厂址方案作了比较,认为衡阳地点适中,交通方便;离市区有15公里,符合污水处理条件;建设用地也容易解决。专家们对各方面条件进行对比分析,衡阳地区条件优越些,厂址拟建在衡阳。

三矿:湖南郴县铀矿、衡阳大浦铀矿、江西上饶铀矿。五厂:衡阳铀厂、包头核燃料元件厂、兰州铀浓缩厂、酒泉原子能联合企业、西北核武器研制基地,随后,以此为骨干的核工业30个项目全面开工。

衡阳铀厂为了保密,曾用名(新华材料厂、四一四厂、七一四厂),但它对外交往有一个响亮的名字:二七二厂。

穿着草鞋起步

　　1958 年 7 月,湘水之滨,东阳渡丘陵地段,中国第一座大型铀水冶纯化厂在这里动工兴建。当时,东阳渡是一片荒塬,这里只有一个劳改农场、一个种畜场和一所学校。

　　湖南省人民政府批准同意给二七二厂建设用地 4.35 平方公里,并通知衡阳市人民委员会,立即组织力量,前往被征用地区,做好有关迁移补偿工作。期间,先后征用衡阳专署所属东阳劳改农场、种畜场、衡南一中和东风人民公社等土地共 3397.25 亩。从 1958 年 5 月至 12 月底先后全部迁出被

衡阳老火车站

征用的范围。在这块土地上，除了一些存在的老旧民房之外，到处都是荒山野地。

在党中央的号召下，经过各地方组织的层层选拔。1958 年至 1962 年，逐年从北京、上海、湖北、江苏、广州、河北、河南、山东、浙江以及湖南等地调入转业军人、大中专毕业生、专业技术人员和专业技术工人共达 4000 余人，为了加快工程进度还从湖南本地招用 2000 多名基建工人，共 6000 多人来到了二七二这片荒塬。

今年 83 岁的高级工程师林生在回忆录二七二建厂初期间时，说："59 年过去了，59 年，在历史的长河里只是沧海一粟，但却是人生珍贵的大半生。59 年前，我们告别师长、同学和亲人，眼中含着泪花，踏上了征途。一路上，同行的人得知我们是被分配到衡阳工作，都说衡阳是个好地方，湖南第二大城市。我们十几个同学怀着即将报效祖国的心情，忘记了时间的长短，随着列车日夜兼程。"

1958 年，这批从哈尔滨工业大毕业的大学生，被分配到二七二厂。这些天之骄子，来到了祖国的首都北京，这是他们多年向往的地方。多么想住下来，驻驻足，饱览一下首都的文明古迹。但是他们的心中更多想着的是工作在等着他们。他们仅用了换车的半天时间，急匆匆地浏览了故宫和颐和园，虽然只有半天时间，但是他们贪婪得恨不得把所有的东西都吞下去。

祖国啊！您太伟大、太神奇了。这是他们的骄傲，作为炎黄子孙，他们只有更加努力工作，更多的奉献，来报答您，使您更强大，更加美丽多姿。

他们又踏上南下的列车，仿佛到了另一个世界。离开北方一望无际的平川，火车行驶在起伏的黄土丘陵。虽然他们早已吃过大米，可还是第一次看见稻田，这一切都显得那样新鲜。

1958 年 8 月 13 日这一天，他们终于到达衡阳。他们的心都快要跳出来了，急切地把头伸向车窗外。当他们走出了车站，火车站广场的大樟树好像在向他们招手，树上成群的八哥咿咿呀呀地唱着："衡阳欢迎你。"环视四周，心中顿时产生疑惑,这是湖南的第二大城市吗？再抬头一看,上面有"衡阳站"三个醒目的大字,没错啊！这是衡阳。可是对于他们生在大城市,长在大城市的人来说,这个城市与他们想象的差距太大了,与第二大城市之称,好像名不副实。

偌大的一个城市,仅有两辆烧木炭的交通车。车站门前还有不少其他城市早已绝迹的人力车在招揽生意。马路两侧还都是用木板搭起的低矮小房。但是,这一切在他们的脑海中毕竟只是一晃而过的景物,他们都是血气方刚的有志青年,他们来到这里是参加祖国原子能事业建设的。

卡车把他们和行李一同送往二七二厂,当时他们的行李可真是简便,一条花了几块钱买的新棉毯包了一包心爱的书,这就是他们的全部家当。连被子都没带,出发之前听人说,南方天气炎热,不用盖被子。

到了二七二,走下汽车,映入眼帘的是全副武装的战士,守卫着一片用铁丝网围着的荒地。没有建筑,没有工厂,看到的全是清一色穿着草鞋的男

来自全国各地的工人

人在挖着黄土。这里好像是个很神秘的地方。最终他们被带到了"新家",简易的平房刚刚盖完屋顶,还没来得及安装门窗和粉刷。他们用草袋钉在上面,变成了古今中外绝无仅有的门窗帘。这样的平房也算得上"别有洞天,扣人心弦。"

林生是第一批分配来二七二厂的大学生,他们是以连、排为单位编制的。林生被编在一连三排。当晚,他们睡的床是竹架板搭的通铺,床是用杉树尾巴作支架,竹子破成条后,用铁钉钉成的通铺竹子床,林生第一次睡这样的床上,当时大家叫它"耍龙床","耍龙床"没有分张,没有分段,没有扶手,没有枕头,长长地占据了房子的三分之二,工人们一个挨着一个睡觉。

哈尔滨夏天是美丽的,没想到衡阳的天气这么炎热,睡在旁边的工友们早就进入了梦想,林生一个人躺在通铺床上翻来覆去睡不着。如果能来一罐汽水和一根哈尔滨冰棍就好了,再吃一点红肠、溜肉段就好了……渐渐地,他进入了梦乡。

他看到了母亲和女友相送的场景。

临上车前,母亲一再叮咛:"儿啊,你第一次出远门,一个人在外,好好工作,注意身体……"

女友说:"想我的时候,记得给我写信……"

第二天清早,他被工友推醒。

"秀才,起床上了,快起床……"

厂里高音喇叭在唱着革命歌典,林生一边漱洗,一边哼着歌。

工友为他带来了早餐,不错,稀饭加白面馒头。

这里条件确实很差,既没有高楼,也没有其他生活设施,连一条水泥马路都没有,荒山野地,杂草丛生,一切都得从头开始建设,这对于来自大中城市的青年来说的确是一次巨大的考验。

59年过去了,当年的帅小伙、俏姑娘都是耄耋的老人,还有一些已经过世了。但是,他们的光辉事迹却影响了二七二几代人。

作为核二代、核三代，核工业精神于我们而言，既是一种企业文化，更是一种家庭的传承。产生的似乎是与有荣焉的共鸣与责任感，给人一种浸润在历史中，而又继往开来的勇气与动力。

二七二厂的筹建，我们不得不提有两位创始人，一位副厂长李文超，另一位二七二的第一任书记华光。

据二七二厂史记载：二七二厂是1958年6月筹建的，未批复之前，李文超4月就来到了这里。

李文超黑龙江呼兰县人，1930年2月出生，1947年3月参加革命，1949年3月加入中国共产党。历任区委书记、县委宣部长、县委副书记、冶金小龙坞矿矿长、等职，1958年4月调任二七二厂副厂长。

李文超作为二七二厂创始人之一，比第一任书记华光还要早2个月到达。无独有偶，华光，1918年出生，黑龙江呼兰县人，比李文超刚好大一轮。华光的家乡在松花江北岸，李文超的家乡在松花江与少陵河交汇处。其实，他们两位与著名作家萧红是一个地方的人。

1949年7月，华光随着解放大军南下，他当时是四野二纵侦察处长，8月到达长沙，湖南和平解放后，是随着军事发展而完成的。程潜、陈明仁的起义，只是宣告了在江南统治的蒋家王朝的瓦解，但并不是湖南全境解放，如白崇禧集团尚盘踞于衡阳，此外还有所谓的国民党的杂牌军和地方势力、土匪及交警总队王春辉的特务武装等。长沙的解放，加快了战事的发展。白崇禧部队于10月6日溃逃，衡阳解放。10月9日毛远耀、王庆山率领的接管衡阳城区的党政干部队伍由城北草桥入城，10月11日，由傅生麟、刘君实率领的接管衡阳地区的中共衡阳地委、衡阳专员公署、中国人民解放军衡阳军区从攸县西进到达市区。

解放初期，因实行党政军一元化的军事管制体制，衡阳地区及所属各县市均成立了军管会。10月23日成立衡阳市委，始属于中共衡阳地委。当时衡阳地区辖茶陵、攸县、安仁、衡山、衡阳、耒阳等8个县，对国民党政府原有政权机构,采取按各部门分派南下干部,原地下党组织成员和军管代表接收、管制、改造的办法,组建起人民民主政权机构。

同时,衡阳市迅速组建起市级公安、司法、民政、财政、工商、贸易、教育等工作机构,尔后接管了铁路、邮电、交通、工矿、贸易、金融等 14 家公营企业。

衡阳全面进入接管建政,华光转到公安系统工作,负责城市治安管理,肃清敌特,恢复衡阳社会治安。当时,以梁湘农(衡阳市公安处长)、张桂标和华光成组成了三人核心领导小组。

衡阳是新解放区,他们又是生人,在调查研究,了解敌情开展工作,华光是费了一番心思。虽然时间不长,但经历不少。这为华光以后担任县公安局长、县委书记、地委副书记和到二七二任党委书记,积累了丰富的经验。

1958 年 5 月初,华光接到湖南省委组织部通知,让他到第二工业机械部报到,他去了北京后,部长找他谈话,告诉他去衡阳铀厂工作。

他有点犯迷糊,大胆地问:"我就在衡阳工作,没听说有这么个厂啊!"

部长说:"是刚刚批复的衡阳铀厂,考虑到你有地方工作经验,对衡阳地区比较熟悉,我们在与湖南省委相商后,省委推荐了你,派你去二七二厂任党委书记,你的任务是尽快把工作抓起来。"

华光立即坐火车南下,他到二七二厂时,人员的接待和土建工程已经启动。厂部办公室就设在当年狱警的住房里。

1958 年 8 月,从祖国四面八方汇集二七二厂的人员猛增到 4000 人,这对于刚刚成立不久的企业来说,面临的首要的问题就是要解决"食、衣、住、行、用"五大问题。

第一批到达的建设者,只能暂时住在劳改队留下的几间松树皮盖的房子里,工人的家就安排在靠近水塘边的茅草棚中。

在这块荒山野地里,别说没有一个像样的食堂,一间像样的住房,一个像样的厕所。面对"一穷二白"的状况,厂区、生活区总平面布置图都尚未绘出的现实,华光与厂领导果断决定,根据已知工程坐落位置资料,本着节约的原则,除了充分利用原住地单位移交的部分简易建筑物以外,集中技术力量,由各工区分工负责,采取"边设计、边备料、边施工"的方法,仅用了一个月的时间就建成了满足临时需要的食堂、变电所、宿舍、厕所、浴室、售菜棚、电话室、等一批大型临时设施,保证了进厂职工基本生活需要。

一天晚上,李文超在湘江边找到华光。

"老哥,你让我好找啊!"没有人在的时候,李文超喊华光为"哥",他对这个哥哥非常尊敬,李文超打着手电走近华光。

"文超,你来得正好。"

"怎么一个人晚上跑到江边来了。"

"看水思源啊!"华光长叹一声。

"我也正是为这事找您。"

"嗯,先抽一支烟吧!"华光掏出香烟。

点上香烟后,华光问:"二七二厂为何要建在湘江边吗?"

"水冶厂,当然需要水啊!"

"不全对。在湖南,岳麓山并不是一座最高的山峰,但她却具有一种无可比拟的文化高度;在中国,湘江并不是一条最长的河流,但她却具有一种绵延无穷的文化长度。"

"湖湘文化,源远流长。"

"你说得。这一山一水,构成了楚地湖南万古不灭的精神气象。这一水一山,彰显了楚地湖南万代千秋的湖湘精华。我们来到此地,要了解这儿的历史与人文。"

李文超说:"您这么说,我明白了,是湘江,撑起了大半个湖南。"

昔日的湘江,虽然早已注入历史的浩瀚海洋,但留给他们的,却是一个巨大的思辨命题。最大的困难是职工的生活用水问题,生活区聚集了来自全国各地的工人、部队已达万人,仅靠原衡阳专署公安处劳改农场和衡阳市种畜场留下的三口水井,艰难地维持着一万人生活用水的供应。

华光说:"你找我是不是职工的饮水问题呢?"

"是的,我有一个想法,能不能先购置抽水机船,建一个简易水塔,先解决工人的用水问题?"

华光边走边说:"可以,你先做一个方案,集体研究一下。"

从江边回来之后,李文超第二天又组织技术人员,对江边取水源和铺设水管的路线进行了勘测与测量。

一个月后,二七二厂购置抽水机船,船上安装了两台30千瓦多级水泵,岸上架起一座简易的钢制水塔,铺设管道4000余米,对解决生活用水和建筑用水起到了一定作用。

衡阳铀厂坐落于衡阳盆地中部,地形有小的丘陵起伏,原地形山顶绝对标高达120米,而厂地的绝对标高要低于它40米左右。在这里建厂,有很多的土方要挑要填。那时没有挖土机,没有装载机,靠的就是创业者的双手和肩膀。

衡阳的八月,骄阳似火。从北京开会回来的第一任书记华光,立即组织各工区的负责人召开紧急会议,传达部、局精神。

为此,厂党委及时发出了"苦战七、八月,突击完成8万方,向国庆十周年献礼"的总动员。广大职工热烈响应厂党委的号召,意气风发、斗志昂扬,他们面对种种困难,采取土洋结合的方法,除充分利用有限的几台挖掘机、起重机、汽车挖土运土外,更多的还是利用人力开挖、担运来完成。

写这本书时,我在采访一些老同志时,他们对于60年前的土方大会战这一幕记忆犹新。

86岁月的欧阳师傅说,当时,土方挖运会战,伴随着二七二厂奠基锣鼓拉开了帷幕。酷热的天气,炽热的劳动热情,交汇成一幅你追我赶,热气腾腾的创业画卷。在土方大会战的劳动大军中,有一支特别能战斗的队伍——全是由20岁左右的小伙子和姑娘们组成的徒工连。两面绣着"穆桂英排"和

"青年突击排"的红旗,在他们奋战的工地上迎风招展。

然而,从小生活在北方的北京冶建四公司的342名土建技术工人,可从来没有见过这样高温的热天(室内常达38-40℃,室外地表温度在50-60℃以上)。他们热得吃不下,睡不好,白天没法干活,只好挑灯夜战。对土生土长的湖南小伙子和姑娘们却是另一番景象,为了加快挖运速度,他们常常开展挑土对手赛。小伙子们个个赤裸上身,光着脚丫,踏着滚烫的地面,三担土箕叠成一撂挑着飞跑。可惜,他们这样卖力,还常常败在姑娘们手下。

李文超见状饶有兴致地探问小伙子败北的原因,没料到他们回答的竟是异口同声:"脚板烫得受不了,请给我们再发一双草鞋吧!"不久,一双双笋壳编成的草鞋发到工人手中。从此,大家热情更高,原本是两个月完成的8万方任务,一个月就完成了6万方,大大加快了施工进度。李文超欣喜地把土方会战称为"穿着草鞋起步"。

李文超跑工地、下现场,调节物资器材,处理职工生活问题。华光亲自去市里联系职工用粮指标,同附近农户交涉搬迁……脚肿了,嗓子也哑了。到了深夜,才钻进四面透风的茅草棚,地是湿的,床是冷的,外面的暴雨早已过去,屋内却还在淅淅沥沥。觉是没处睡了。他只得拿起手电,同值班人员当上了工地的"巡视官"。第二天清晨,人们又见了他东奔西忙。华光书记年级大了,感觉力不从身。

1958年12月,二七二首任厂长何高明走马上任。同时,又配备了几名副厂长。

1958年的冬天很冷,工地上的学徒工都没有毛线衣,外面穿着一件厂里配发的薄棉衣,里边穿着一件薄衬衣。北风从胸口吹进去,贴身转了一圈又钻了出来,那时的雨衣是用厚厚的白布刷上一层黄油漆制成的,硬梆梆的,穿在身上咔嚓咔嚓直响。发的水鞋不经用,发的草鞋不够穿,没有夜班费,没有加班费,所有的加班加点都是义务劳动。然而工地上,从厂长到工人没有一个人喊休息(来自《中国核工业报》)。

大年三十,徒工连在工地过的年。大年初一,小伙子和姑娘们照样来到工地,挽起袖子卷起裤脚,一担又一担地挑走稀泥。

在土方会战中,他们出主意、想办法,采取土洋结合的方法,搭上两块木板,把自制的手推车往木板上一放,实现了轻便的"轨道化"和"车子化",减轻了劳动强度,提高了工效。日完成土方量从人均/每天 1.5 立方米,增加到 2.5-3.0 立方米。由邹芬兰担任组长的小组创出人均/每天完成 5 立方米土方的全厂最高记录,被命名为"穆桂英小组",这个英雄班在衡阳铀厂一直被传为佳话。

在之后的岁月中,二七二厂还根据实际需要组织过多次大会战,如:填堤加高的土方大会战,治理泉圹,消除炉渣缸灰,生活区道路修建、硬化工程分期包干大会战。在那个时候,往往把必须短时间完成的任务采取大会战形式来完成,"大会战"成了二七二厂当时完成突击任务的"代名词"。

李文超副厂长欣喜地把土方会战称之为"穿着草鞋起步"。如今,人们已经记不清他们曾经铲平了多少山头,填平了多少沟壑。

英雄父辈的传奇故事

二七二厂有一首诗写得好:夹竹桃盛开了/守候在工厂两旁的一抹鲜红/是父亲的儿子/也是儿子的父亲/并且我们紧紧地跟在父亲的身后/年复一年……年迈的父亲/熟悉的面庞/渐渐远去……/就像一部沉甸甸的核工业创业史/多少艰辛与荣耀/早已融入几代人的血脉之中……虽然父辈们的身影渐渐远去,留给我们的精神财富,却是几代人享之不尽的……

通铺竹子床

父亲是 1958 年第一批来厂的建设者。

父亲说:"那天晚上从衡阳市区出发,大概走了两、三个小时,午夜十二点才到目的地。"

这里一片荒芜,杂草丛生,满是泥泞。

作为第一批到达的建设者,父亲暂时住在劳改队留下的几间松树皮盖的房子里,他们是以连、排为单位编制的,父亲被编在一连一排六班。当晚,睡的床是竹架板搭的通铺。床是用杉树尾巴作支架,竹子破成条后,用铁钉钉成的通铺竹子床,父亲第一次睡这样的床,当时大家叫它"耍龙床","耍龙床"没有分张,没有分段,没有扶手,没有枕头,长长地占据了房子的三分之二,工人们一个挨着一个睡。

在这个带有半军事化色彩的生活环境里,不分年龄大小,不分干部工人,不分先来后到,一视同仁,全部都睡通铺、竹子床。在这普通的竹子床上,不仅体现了阶级情、战友爱。

冬去春来,由于屋顶盖的稻草漏雨,加上地上黄泥巴潮湿,冬天竹子床冰凉,被子被身体烘热后,散发出潮湿的热气,稻草做的垫被沉甸甸、湿润润、硬邦邦的,睡在上面很不是滋味。

当时,有人写了一段打油诗,"竹子床、竹子床,房顶漏雨,床冰凉,走到床下像泥塘。"尽管条件差,生活艰苦,但睡在"耍龙床"上却是经过挑选的有志青年,他们深感肩负的历史使命是何等光荣与自豪。一天的辛勤劳作,累了,躺在硬硬的竹床上,很快便进入了梦乡。

好长一段时间,我对父亲说的筒子铺一直感兴趣。后来,我上网查了查,才知道什么叫通铺,通铺就是用竹架板搭在一起的大床,比一般的床要长要宽。核工业"三矿五厂"创建初期,大多数工人是睡过这种床的。

父亲说:"刚来厂时,生活还不错,有白面馒头加咸菜,生活比在家时还要好,干活非常辛苦,尤其是建设土方工程,他的手掌和脚板底都被磨出了血泡。来后不久,一大批来自全国各地的技术人员和施工队员都来了,这片荒芜的土地,一下子热闹了起来。"

事实上,父亲后来对我讲起那段往事已是暮年晚景,他的记忆不好,总是断断续续。父亲活到了91岁,已是高寿了,可是,父亲没有等到衡阳铀厂建厂六十周年华诞。

蓦然回首,父亲或许不是我记忆深处的五彩剪影,不是那灯火阑珊处的伊人,他是我心中的一座大山,抑或是一盏明灯,一只唱响的风铃……当岁月的清风习习拂过,悠然叮咛成韵。

这叮咛里有我成长的祝福与祈盼,他想让我这棵小树,枝繁叶茂,花香果丰,顶天立地……我还想再看一眼,父亲在下班路上健硕的身影,听一听父亲沿球磨机踏歌而行的歌声，闻一闻父亲牵着我的小手走过文化广场那一株桂花树沁人心脾的芳香，可是，这一切只能在梦中……

我啼血成诗将一首《父亲》献给核工业第一代创业人。

欢乐趣，离别苦。

父应有语，万里层云。

千山暮雪，儿向谁诉。

招魂楚地何嗟及，山鬼暗啼风雨楼。

子欲养，亲不待。

水有源，天地炉。

尘满面，鬓如霜。

千言万语，唯有泪千行！

人生无常，福祸相依。自古道："忠孝难两全！"作为核工业的子弟，唯有将父亲的遗愿化作前进的动力。

蚂蚁搬家的故事

为了初见这一眼，我在湘江的南岸等你多年。芦苇悄悄爱上了漫卷的舒云，渔舟轻轻摇曳着一方浅梦。阳光洒过的地方，就是候鸟的方向。我醉在微醺的午后，温一段往事细细说来。

——题记

在我的记忆之中，京广铁路上的神秘小站——东阳渡站。几根杉木柱子，几块杉木皮搭就的候车亭，一个普通得让人记忆模糊的小站。

六十年前的老东阳渡镇，人口不到一千。在这片贫瘠的土地上生活的人

东阳渡火车站

们,祖祖辈辈都在"喝水打吊井,点灯靠松油"的环境里耕耘劳作,繁衍生息。

古镇只有一条小巷,穿青石板铺的小巷,才能到达东阳渡火车站。

1958年夏,我国第一座水冶纯化厂在这里开始兴建,来自全国各地的建设者们,光着膀子赤着脚,用扁担镐头向荒丘宣战,给这一片荒原带来勃勃生机。

1959年秋初,厂房已经建成,设备也急待安装,电力不足成了创业者们前进路上第一道难关。工厂订购了两台变压器到了新东阳渡火车站,每台重18吨多,高3.2米,两个庞然大物被卸在火车站。

当时厂里没有大型吊装设备,又没有大型卡车运输,就连马路也是简易的黄土路,狭窄不平。衡阳的晴天像一把刀子,雨天似一团糠糟。在这样的条件下,要想把两个"庞然大物"运回厂里安装,谈何容易!

创业者们急工厂之所急,没有条件创造条件,不坐以待毙,主动设法克服困难,副厂长金家杰率领起重工、电工、钳工和干部等 14 人组成了突击队。

秋天的衡阳,久旱无雨,热浪滚滚,简易公路上尘土飞扬。 他们用木板垫路,铁管作滚筒,托起变压器,用手拉葫芦和着卷扬机牵引,翻山越岭,一寸一寸地向前移动。

搬动变压器的突击队员们,脱光衣服,光着膀子干,有的同志身上晒得起了水泡、还脱了皮,脚上穿的草鞋磨破了,鲜血浸透了鞋底,金家杰便把脚上的鞋子脱下来,让突击队员穿上,那位同志激动得流出了眼泪……一连四天四夜,不分白天黑夜地干。他们吃在路上,睡在路上;口渴了,在路边喝口"井水";困极了,靠在路边树下打个盹,白天晒得汗水淋漓,张开口直喘气;晚上被成群的蚊子咬得遍体红肿,痛痒难受,没有一个人叫苦叫累。两台庞然大物伴随着他们哼哼哈哈的号子声,慢慢地向前爬行,终于顺利地牵到了厂区,"牵"到了变电房就位,为工厂送去了新的电能。

老虎口里拔牙

俗话说:"老虎口里拔牙,你好大的胆量。"在二七二水冶生产线上,铀矿石的破碎,第一道工序就是——老虎口。这种破碎机在矿山、冶金、建筑行业运用得比较广泛。

80 岁的退休老职工黄国城,在与我谈起建厂初期的老虎口安装时,津津乐道。他耳聪目明,言辞清楚,思路清晰。

1937 年 4 月黄国城出生于湖南湘潭,1963 年 4 月从湘潭煤矿调来二七二厂。在二车间看了两个月吸附塔,被调到一车间看皮带。没多久,一矿仓进水,皮带被水淹了。机修工来检修,结果是搞了一个班,也没有修好。年轻的黄国城站在一边看着,实在是忍不下去了,就对机修工说:"你这方法不对。"

检修工当场发脾气,骂他:"你懂什么呢?"

黄国城年轻气盛,不服输:"我肯定懂的,这种事在煤矿就是小儿科,你说我能不懂吗?"

站在旁边的副主任孙宗介笑了笑说:"黄师傅,你来搞。"

黄国城撸起衣袖冲上去,三下五除二就解决了设备问题。

孙副主任看上了他的技术,于是,在一车间检查工段成立了水泵组,黄国城被提拔为组长。

黄国城说,小组长一干就是8年,一车间的水泵检修,基本上不过夜。

1971年,检修工段分配来了新工人,孙宗介叫他去搞车工,带徒弟。

他跟孙宗介叫板:"我是钳工,干吗搞车工呢?"

孙宗介问他:"你听不听话,服不服从安排。"

他说:"共产党员听你的话,我听党的话。"

话虽如此,但是他还是服从组织安排,花10年时间带出了10个车工徒弟。

水冶车间老虎口、中细碎厂房

当我问他最难忘的一段记忆是什么?

他说"老虎口里拔牙。"

我一下就矇了。

1972年的某一天,中细碎坏了,没有配件,无法检修,但生产不能停车。

孙宗介主任找到他,问他有办法没有呢?

他说,给我一个班时间,试一试吧,我一定想办法把破碎的矿石送到球磨机里。

在一车间18年,所有的设备性能,他基本上摸透了。哪里能够改变,哪里可以改造,哪些设备可以替代,他心中有数。

那天中午,在工地食堂吃了饭,饭后黄国城没有休息带上两个最得意的徒弟:周华春(后任二七二厂厂长)、黄华信(后任中层领导),背着工具袋向老虎口走去。

水冶生产线是连动作业,矿石用火车运送到矿仓后,再用十吨的大吊车将矿石抓到漏斗里,用皮带运送到老虎口破碎,经老虎口破碎的矿石,也就鸡蛋大一点,再经过中细碎后,用皮带送到球磨机磨成矿浆。现在,中细碎设备坏了,球磨机上面漏斗的矿石,只有一两个班料,如果不及时修好设备供料,就会影响全厂生产。

黄国城边走边想,暗下决心,自己既然在孙主任面前表了态,就一定要想出办法来。

跟在身后的两个徒弟不解地问:"师傅,中细碎设备坏了,我们到老虎口来做什么呢?"

"中细碎的铜套坏了,要花好几万才能买回新的配件,我们到老虎口里来拔牙。"

"老虎口里拔牙?"徒弟惊讶,不敢说话。

黄国城放下工具后,围绕着老虎口转了好几圈,让徒弟们把老虎口里遗漏的矿石清空。掏出一把圈尺,对着老虎口里的一排虎牙,量了又量。最后,却开怀大笑了起来。

"徒弟们,拿工具来。"

孙主任来了,看到他和往常一样钻进了"老虎口"。气割枪喷射的火花在飞溅,炙热的火苗烤得他皮肉火辣辣地发痛,他一声不吭地割着铁齿耙,汗水如注。

"黄师傅,小心烧着腿!"孙主任在喊。

"师傅,你上来,我替你一下!"徒弟们有点担心。

"不用,我行……"

熔化的铁齿,被割得七零八落。

他蹲在老虎口底对徒弟们说:"把我们准备好的新的铁耙子放下来。"

一会儿,电焊的火花在老虎口激情四射……两个小时后,新的铁耙被焊接好了。黄国城被徒弟拉到破矿口时,就瘫倒在机台边,身子蜷缩着,许久不伸展开。

孙主任掏出他心爱的"大前门"香烟,一根接一根地向黄师傅敬烟(那时厂里没有禁烟)。黄国城也不客气,领导敬烟,必须得接啊!

当孙主任把最一根烟散给黄国城时,黄国城爽朗地笑了,对岗位工说:"试试设备,看新装的耙子比中细破碎的矿石相差多少呢?"

岗位工启动电机"轰、轰、轰……"的矿石破碎声震耳欲聋。

孙主任随手从皮带上抓起一块石子,一量,惊人的欢喜。

"黄师傅,我们成功了!"

黄国城的技术好在二七二出了名,1984年,他被化工分厂厂长周密点名,调去检修段长任段长,一直干到1991年退休。

黄师傅跟我说,他这一生最大的遗憾是没有加入中国共产党组织,做梦都在想这一天的到来!

给球磨机动手术

古人曰:人到七十古来稀。今天,人活到八十也不稀奇。

2017 年 8 月 16 日,我的采访不 86 岁的退休老工人刘国兴。这位七级钳工,曾在二七二机械设备检修中立过许多战功,刷新过多项检修纪录。退休之前,他一直在水冶生产线上工作,在一车间机修工段担任多年组长。

坐在一旁边的彭有义师傅调侃说:"一车间的大型、重点设备都归刘师傅管。"

他点了点头说:"我管的设备,比管的人多。"随后,刘国兴把一车间的机械设备数了一遍。

1932 年 3 月出生于湖南株洲刘国兴,21 岁参加工作,在河南郑州汽车

水冶生产线球磨机

修理厂当修理工,从学徒到出师,用五年时间练就了一身过硬的本领。1958年8月,刘国兴被调到二七二厂。

刘国兴说,刚来厂时,这里一片荒芜,好像全国各地的人都在往这里赶。每到晚上,黑压压的人头一片,人山人海的……有解放军盒枪实弹地站岗,有建筑工人夜以继日地加班……也许,他太老了,说话有些重复,口齿不那么清楚了。有时候我问他,多半是答非所问。把坐在我一旁的周启如师傅急坏了,周启如一一翻译着他的话语。我知道,刘国兴是一个德高望重的老人,他的一生都是在谦虚、谦卑中渡过的,很少因为工作得罪人,也不会生别人的闲气,大多数时间都在抢修设备中。

1961年,水冶厂的第一台球磨机是他亲手安装的,第一台行车是他校对的,还有中细碎的设备安装,大型设备的起吊……因为,他的技术好,工段让他当组长,而且,一干就是三十多年,他对自己亲手带出来的徒弟如数家珍:蔡行开、张衡化、朱湘陵、周华春、黄华信、莫景格、张连生……这些人个个都很优秀(周华春后来还当了二七二厂厂长,一些人干到了中层领导)。

上世纪七十年代,二七二水冶生产任务成倍增加,机械设备的维修与保养就成了检修工段的重中之重,一车间的大型设备、关键设备很多。如:老虎口、球磨机、中细碎、吊车……

水冶生产线有七台球磨机(16号工序6台,三矿仓1台),之前球磨机内的衬板一直是生铁铸的,磨矿石时机内面要装24吨钢球,由于生产量大,衬板经常损坏。刘国兴想起他在鞍钢参观时,鞍钢的生产前端工序跟二七二厂非常相似,那场面是十分的壮观,铁矿石用小火车拉进矿仓,经皮带运输送至100台老虎口,破碎后的矿石再送到100台中细碎,矿石经细碎后,用皮带运至120台球磨机磨成矿浆,鞍钢球磨机用的就是橡胶衬板,二七二厂为何不尝试着改造一下呢?即可节约成本,又能提高效率。

刘国兴将自己的设想向工段、车间领导提了出来,立即得到了他们的支持,车间主任孙宗介对这项技术更新十分感兴趣,并派专人陪同他去鞍钢调研。回厂后，刘国兴对球磨机内更换橡胶衬板一事向组员们通了气，没想到全组职工一致同意。

在球磨机内更换橡胶衬板不是一件容易的事，必先把机内的生铁衬板分离出来，机内通风不畅，加之，电气焊同时工作，温度很高，常常是进去的人工作不到十分钟就大汗淋漓跑了出来，能够坚持半小时工作的人是少之又少。年富力强的刘国兴却能够在磨机内工作一个小时以上，再出来透透气。球磨机每换一次衬板，至小三天以上。在刘师傅的带领下，通过加班加点，有时能够提前一、两天完成任务。那时的加班是常有的事情，无论刮风下雨，不管白天黑夜，随叫随到，领导职工一视同行，没有拖拖拉拉，没有偷懒耍滑，没有加班费……只有埋头苦干，敬业奉献。

进入耄耋之年的刘国兴，退休后的生活很幸福，两男一女又十分孝顺。这次到公司办公楼接受我的采访，就是他的女婿开车送来的。

刘国兴年轻的时候曾与我的父亲住过一个房间（单身职工），我上中学时，星期天我常来二七二厂看望父亲。一晃几十年过去了，这次见到刘老感到特别亲切，当我与刘老握手告别时，他口中喃喃自语："小何，我已经是冒得办法了，听不清、看不清、摸不清，是个三不清的糊涂虫了。"

听到这话，我便想到了我的父亲和千千万万像我父亲一样的核工业的前辈们，他们的暮年晚景，何其相似。可是，他们对核工业的热爱，初心不改，情怀依旧。

我望着他们彼此之间搀扶着远去的背影。刹那，我的双眼湿润了。

一本珍藏多年的立功证书

2017 年秋天，84 岁的老核工彭友义来到办公楼，捐赠了他心爱的宝贝。国营二七二厂 1984 年给他发的立功证书。彭友义老人是坐着轮椅来办公楼的，让我这个做晚辈的很是感动。

彭友义 1933 年
12 月出生于湖南祁东
县,1955 年参军,当兵
不久便跨过鸭绿江出
朝鲜参战,1959 年 4
月转业来到二七二
厂。在上海、南京、武
汉培训学习 14 个月,
回厂后便参加了水冶
厂的设备安装。之后,

立功证书

彭师傅就在一车间机修工段摸爬滚打数年,练就了一身过硬的本身,电气焊、钳、铆技术,样样精通。

彭师傅告诉我,他一生都是在抢修设备的焦虑中度过的,受过工伤,左臂断过,他下轮椅时,我想去扶他,被他制止了。他说,他自己慢慢下来,有把握些,于是,我只好站在他的身边,看着他慢吞吞地,一步一步挪动身子,缓缓地站起来。办公楼前的几级台阶,他足足登了好几分钟,我不敢帮他,怕一不小心,老人再次受伤。于是,我有点懊悔,自己为什么不上门去采访这些老人呢? 他们可都是我父亲的战友啊! 而且跟我非常熟悉。

彭师傅一生最值得骄傲的有两件事:第一件就是我之前说的在建厂二十六周时二七二厂给他记"大功一次"发的立功证书。还有一件事,球磨机的合理化建议用"润滑油"替代"机油",为厂里节约了开支,生产降低了成本,厂里给他奖励 300 元钱,他花 280 元给自己买了块日本进口的手表。

说到动情处,他撸起袖子,亮出了那块手表。几十年过去了,他仍然戴在手上,而且跟新的一样,没有陈旧,没有破损。

他说,工作中也有不顺心的事情。1972 年,16 号厂房的吊车开动时,突发奇响。工段一连派出了几批人去检修,都没有解决问题。段长李昆志找到他："彭师傅吊车突发奇响，只能请你出马了，不解决这个问题，我心不安啊！"

彭师傅二话没说，带两名徒弟背着工具袋来到了 16 号厂房，爬到两米高的平台上，他让操作工把吊车来来回回开了两趟，吊车在行进的过程中，两徒弟见师傅闭着眼睛，竖起耳朵在听，心中甚是纳闷。

吊车沿着轨道走了两趟后，他对徒弟说："问题找到了，你们俩一个去拉氧气瓶，一个去推电焊机吧！"两位徒弟如坠云里雾里，丈二和尚摸不着头，又不敢多问，只能按照师傅的意思去办。一会儿，电气焊设备都拉来了。

两位徒弟见师傅趴在吊车轨道上，一只眼睛闭着，另一只眼睛斜着看轨道，怕师傅从行车轨道上掉下来，急得直爬上吊车，想问一个究竟。还没开口，就听到师傅在说："我在行车轨道对接点上用石笔作了记号，你们先用气焊割断，待我重新打一个水平，再按照我的要求焊接上"徒弟们只好照办。

高空作业，并不简单，行车轨道又重，没有起重设备，由于受场地限制，工作进展很慢，工段又派出了几名骨干给予支援，没想到重新焊接后的行车轨道，经操作人员试车，真的不响了。

水冶停产后，彭友义主动申请去了化工分厂参加民品的建设，并在化工分厂光荣退休。

如今，彭师傅已是儿孙绕膝，四世同堂。从他喜悦的笑脸上，我看到了他晚年的幸福和满足。

离开办公楼时，他的夫人来了，老伴是因为不放心，来接他的。

他对老伴说："何师傅的小孩，找我们这些老人聊聊天，有什么不放心的。"

我喜欢，他那几十年不改的祁阳口音。那乡音，乡情，似乎还暗藏着一点点乡愁。

让我想起了余光中的诗："烧我成灰，我的汉魂唐魄，仍萦绕着那片厚土。"

我知道三千年中华文化和六十年核文化的悲苦、哀伤、怀念、欢悦；它是我们心底曾经响过的声音，曾经一起唱过的歌谣。

一片丹心照铀城

74 岁的周启如,退休后,一直担任党支部书记。

《文化铀城》丛书的撰写,有许多老核工的采访,都是通过他联系的。多年前,我就认识他了。

周启如退休之前,一直从事党务工作,当过二七二厂办公室的秘书,组织部的科长,离退办主任等职务,用他的话说,接待的人,处理的事,远比一般的干部做的多。

无论是企业工业学大庆时期,还是二次创业"保军转民"时期,他经常深入生产一线。深入基层,与职工群体打成一片。这样的老干部,他思想境界高,识大体、顾大局,是企业的宝贵财富。他精神矍铄、平易近人、生活俭朴、充满着智慧,在与我交流时,他思路清晰,口才很好。他非常关心公司的发展,尤其对于白沙绿岛"军民融合产业基地"的建设大加赞誉,令周启如一生引以为傲的有三件事。

第一件事是 1973 年 5 月间,厂里落实党的政策,给一对父子平反昭雪。儿子袁立晋因误判 15 年徒刑,并在监狱服刑 5 年给予平反,并补发 4500 元工资,父亲袁永松因受儿子服刑牵连,免除了高级工程师职称。儿子平反后,父子俩为报党恩,拉着他的手是热泪盈眶。

第二件事是 1984 年,厂里为做好离休老干部工作,成立老干办,他被任命为办公室主任。十年间,他殚精竭虑、兢兢业业为离退休人员服务,总怕自己工作没做好,怕老干部不满意。在筹建老干住房(45 楼),到抓好老干部的生活(生病住院慰问),搞好娱乐设施时(门球场、图书阅览室等),他尽心尽力,得到了老干部的一致好评,为企业的改革发展稳定做出了贡献。

第三件事是:帮助退休人员,返厂怀旧观光,做好接待工作,给无子女在厂的退休人员,自费安排好食宿。

近年来,许多老核工到了晚年,总想回到自己曾经工作、生活过的地方走一走、看一看,但是他们退休后没有子女顶职,厂里没有亲人。回厂时,感觉没有温暖。

据周启如说,有的专程从北京、长春、上海、南京、武汉等地组团来厂,有的携夫人、带子女来厂观光。他已接待了数十批这样的人群,并向铀业公司和社区反映过这种情况。

二七二建厂60周年来临之际,还会有一大批的老同志,老领导想回家看看铀城日新月异的变化,看看这片生生不息的土地。周启如同志建议:无论作为核工业基地,还是爱国主义教育基地,希望公司成立专门机构,给予接待,并安排好他们的生活。

第 2 部分
砥砺
魅力铀城 前行

MEI LI YOU CHENG

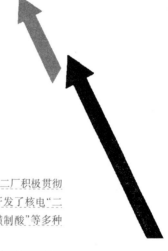

上世纪 80 年代以来，逐着国家对国民经济的战略调整，二七二厂积极贯彻"保军转民""军民结合"的方针，利用军工技术和人才优势，先后开发了核电"二氧化铀"产品，并开发了"纯碱、钛白粉、蛋白酶、聚合硫酸铁和硫磺制酸"等多种民用产品。

实现了中国大陆核零的突破，填补了中国核电产品空白，为中国核电事业的发展作出重大贡献。

民品钛白粉厂厉兵秣马，越隘闯关，用 21 年时间打造成巨型航母，2009 年，企业改制将优质资产钛白粉分厂（含生化分厂）资产总额近十亿划转给中盐集团，完成企业"分立破产"工作。从而，使二七二厂步入发展的快车道。

▶▶▶

历久弥新的记忆

"乘风破浪，开拓前进"是二七二厂碑上第一次镌刻的文字，如今厂碑文改成了"中国衡阳铀城"，早已没有当年的痕迹，让我们穿越时空，从解读厂碑开始，去解读那一段激情燃烧的岁月。

——题记

二七二厂碑

1984年春季，二七二厂党委通过了一项决议，决定在庆祝建国35周年、建厂26周年，在俱乐部广场中心，六条大道交汇处建筑一座纪念碑。

入夏以后，厂碑开始加速施工，9月下旬厂碑基本建成。雄伟的厂碑面向东方，沐浴朝阳，披满光华。厂碑高12米，用以纪念有历史意义的建厂26周年。从远处看，碑的两叶，由20块船帆选型组成，象万里征船上升起的风帆，以不可阻挡的气势,乘风破浪 开拓前进!同时,也象征着中国核工业的蓬勃发展。碑周围的 26 组栏杆,一格格正是建厂 26 周年以来,我们走过的坎坷历程的缩影。

鲜花、绿草、冬青围绕在厂碑的四周,预示着我们的事业繁荣昌盛,万古长青!

碑顶的原子核选型凝聚了我们勇攀科学技术高峰的决心。基座的大理石以它的洁白与朴实,象征二七二人崇高的心境。

碑底座的两侧镌刻着碑题和跋文。

碑题是:"向全厂工程技术人员、干部、工人、家属致敬!向建设和保卫我厂的中国人民解放军致敬!向支援我厂建设的兄弟单位致敬!"

另一面镌刻着:"1958 年秋,在党中央的关怀下,祖国的优秀儿女,荟集在这片荒原上,奋发图强,艰苦奋斗,战胜自然灾难,冲破国外封锁,终于建成了我国第一代核原料生产基地,为我国的原子能事业作出了贡献。"

绕碑一周,我静默伫立,望着雄浑、伟岸的厂碑,它带给我无限的遐想。这碑是历史的总结,也是未来的开始,是二七二厂一个里程碑。

1984 年 9 月 30 日下午二时半,厂俱乐部广场中心六条大道交汇处,厂碑四周,彩旗飘扬,锣鼓喧天,人声鼎沸。二七二厂举行厂碑揭幕仪式。大会由厂长刘敬裘(第九任)主持,党委书记张鑫铎(第九任)讲了话。厂老领导苗捷夫(第三任)同志剪彩,副市长钟名智同志揭幕,还有地方政府其他领导和厂老领导等一百多人参加了揭幕式。

厂碑揭幕仪式后,在厂工人俱乐部隆重举行建国 35 周年、建厂 26 周年大会。

大会在雄壮的国际歌声中开始,紧接着锣鼓喧天,鞭炮齐鸣,厂属各单位向大会献礼。副厂长孙宗介宣读了湖南矿冶局、新疆矿冶局肖永生、驻深圳劳务队发来的贺电喜报及老厂长刘坤等同志发来的贺信。

厂长刘敬裘在庆祝大会上作了重要讲话,他回顾了建厂 26 年光辉历程,号召全厂职工"发扬老传统、迎接新挑战,努力开创保军转民的新局面。"

至此,二七二开始走向如火如荼的"二次创业。"在之后长达25年的转民进程中,二七二厂谱写一曲可歌可泣的动人的乐章。

这一年的秋天,二七二厂实行厂长负责制度。企业从计划经济开始转向市场经济。厂长刘敬裴在中层干部会上作了"施政"讲话。重点阐述了他四年(1984年-1987年)任期内的宗旨和设想,提出了今后三年的指导思想是"解放思想,勤劳致富";方针是:高度的精神文明、高度的物质文明和高度的民主管理一起抓;目标是:把二七二厂办成一个综合性化工企业。开始进行干部人事制度一系列的改革,进一步完善经济责任制,实行经济承包制,在提高效益的基础上,给班组长以上干部发津贴,逐步实行按比例浮动升级。

为了改善职工生活,在保证军品生产的前提下,大力发展民品生产。

那是一段激情燃烧的岁月,总理在六届人大二次会议所作的《政府工作报告》中指出:"当前城市经济体制改革中心课题,是要彻底改变企业经营好坏一个样,职工干多干少一个样,做到企业不吃国家的'大锅饭',职工不吃企业的'大锅饭'"。

二七二厂是核工业部的骨干企业,当时,没有实行税代利,采用利润包干、超额分成的办法来分配国家与企业的利益,初步解决了企业生产经营,好坏一个样问题,使军民品成本不断降低,劳务收入不断增加,盈利显著增多,厂里和职工的收入就能相应增多,部分职工可以先富起来;反之,就要减少收入。

1984年10月,随着工厂机构设置和各级领导班子的调整,取消了干部终身制,行政干部实行逐级聘用,为进一步推行以承包为主体的经济责任制创造了有利条件。

这就是二七二厂干部制度和分配制度的第一轮改革。以"责、权、利"统一的经济责任制,是破除企业内部吃"大锅饭"、搞平均主义的有效方法。一些单位和职工可以在承包过程中,通过辛勤劳动,采取正当的利益而先富起来,从而示范和带动更多的人致富。这完全符合邓小平同志提出的"白猫黑猫"理论。

当时,二七二厂领导的思想是开放的。笔者认为:无论计划经济还是市场经济,都只是一种资源配置手段。资本主义可以有计划,社会主义也可以有市场。只要能够发展生产力的,都可以在实践中使用。

十一届三中全会后,随着政治思想路线的改变,"白猫黑猫"论成为了中国社会将工作重心转移到经济发展上的一个理论标志。

邓小平的"白猫黑猫"论一出,过去凡事都要先以意识形态考量、凡事都要先从政治着眼、凡事都要先问问教条的思维习惯,彻底改变了。"白猫黑猫"论告诉二七二厂的干部,想问题、办事情一切要从实际出发,而不是条条框框出发。

军工企业实行"保军转民,把重点转移到国民经济和人民生活服务上来"的方针,是完全符合当时的实际情况的。二七二厂的铀生产任务从1982年开始逐年减少,1983年-1986年处理矿石量分别降到历史最高水平的30%、15%。企业的经济效益大幅度下降,由于减产、限产,设备闲置过半,富余人员过半,工厂处境十分艰难。

这就是当时的实际情况,所以,二七二开发的民品生产的路子,是在困境中起步,在探索中前进。

厂长刘敬裘提出了"二次创业"的口号,全厂上下开展多层次,多渠道的转民工作。在"无军不稳,无民不富,无商不活"的思想指导下,做生意、织毛衣、搞建筑,开展了横向联合。

这些探索虽然对二七二厂的"保军转民"起了一定的发动作用,但由于没有注重发挥工厂的优势,未能找出适合工厂特点的转民路子。直到1984年底,工厂认真分析了企业的状况,进行市场预测,才作出走军民结合型综合化工冶金道路的战略决策。

如何让企业脱困重生

历史不会忘记，公元 1986 年，二七二厂利润大幅度下降，几乎是建厂以来 最困难的一年。一向来红红火火，连续 6 年上缴利润的创利大户，不得不接受这个残酷的事实。仿佛在二七二厂人的心中突然爆炸了一颗原子弹，强大的冲击波，震撼着每个人的心灵。

照说，这种异乎寻常的变化，是一种预示，一种警示，值得人们深思。然而，思维的惯性使人们还在等待观望，希望这一切就像行车途中偶然遇到的一个沟壑，沟壑虽深，但很快就会过去。在经过痛苦的期待和彷徨之后，人们终于发现，历来稳产保收的军工产品已经发生变化，旋律激昂的商品经济正鼓动着国内市场。二七二厂军转民的进程已是不可逆转。

二七二厂不得不面对严峻的现实思考：1986 年矿石处理量已降到历史最高水平的 15%。企业的经济效益大幅度下降。由于限产，设备闲置近半，人员富贵过半，全厂上上下下在思索……走过艰辛，创造过辉煌业绩的二七二人，在 30 年后，不得不作一次选择？沉重的脚步到底向哪里迈出？

生活区繁华的十字路口上，有人搭起了早餐店，做水饺的夜摊棚。打算从锅台边"抓民品收入"。女职工办起了织毛衣厂、绣花厂，期盼着从那一针一线中找到一条转民的路（来自贺定之《路在脚下延伸》）。

机关的同志办起了饲料厂、涂料厂；五车间的职工办起了印刷厂，六车间的科技人员造出了犁田机;铀分厂的推土机开出了工厂,运输处的火车皮开始了对外租赁业务……

有的人建议在市区投资建造一座旅馆,在服务行业中闯出一方天地。

……

诸子百家,意见纷纷。仁者见仁,智者见智。

这些小打小闹的项目,当时在二七二厂有 30 多个,但是加起来,没有多少利润,终究不是企业长久的发展之计。厂长刘敬裘在召开全体中层干部会议时,对二七二厂的经济形势进行了全面分析,要求大家想办法,出点子。

1984 年,厂研究所从铀生产废液中成功回收了钼,研制了生产钼酸铵的工艺流程,这给决策者们提供了一条发展的新思路,企业在转民的道路上,不能再小打小闹了,二七二厂必须利用自身的优势,开发大的民品项目。

1985 年,二七二厂的科技人员和工人,以卤水和硝酸铵为原料,采用离子交换法生产出硝酸钠……转民的路子依稀可见。闲置的设备,富余的人员,都是转民的有利条件和优势。

大石拦路,必将破之。

决策者们终于明白,原来转民的路就在脚下,转民事业的内涵正在于对军工事业的延续和发展。醒悟的二七二人,用特有的执著和热情,用艰苦创业的精神,开始了"二次创业"。

刘敬裘厂长谈转民中的困难与机遇

1986 年 5 月 31 日(星期六),是二七二"厂长接待日"。 刘敬裘厂长接受了我的专访,当时陪同刘厂长的有工会和厂办的八位同志。

作为年轻的《二七二厂报》记者,由于频繁在厂报上露脸,写些诗歌、散文,大家对我的名字并不陌生。

刘敬裘同志,江苏丹阳市人,1934 年 8 月出生,1953 年毕业于苏州高级职业学校,1959 年 2 月来厂工作,历任技术员、试验车间主任、生产技术科长、副总工程师、副厂长兼总工程师,1983 年机构调整后担任厂长。

刘厂长平易近人,和蔼可亲,进门之后,示意让我坐到他的身边。

我说明来意就直奔主题,问:"刘厂长,今天采访一下您,请您谈谈我厂为什么要转民,转民中有哪些困难与问题。"

刘厂长微笑着说:"转民,首先是适应国际形势发展变化的需要。随着世界和平力量的增长,将有一个较长的和平时期。因此,我国国防工业都要转向更多地为发展国民经济服务。其次,核工业进行到一定程度,就要发展核电,这是核工业生产发展的必由之路,也是核工业系统职工继续为国家做贡献的途径。第三,二七二军品限产后,富余人员和设备要充分利用起来,就能为实现党的'十二大'提出的宏伟目标,为振兴湖南和衡阳的经济多做贡献。根据核工业部的要求,将来二七二厂新开拓的民品产值在总产值中要占相当大的比例。因此,转民是一项长期的任务,我们要有长期的打算,要有克服困难的信心,希望全厂职工充分认识到这一点。"

"无军不稳、无民不富、无商不活。"对于铀城来说,变成了颠颇不破的真理。

可以说,30 年后,谢凌峰带领新上届班子提出打造"军民融合产业园区"的建设,与当时的情景是不谋而合的。

我问:"厂长,我了解转民中有很多的困难,您能谈一谈下一步工作的重点?"

刘敬裘说:"核工业部的转民方针是:'以核为主,多种经营'。二七二厂的转民也应'以铀为主,多种经营'。铀既可军用,也可民用,现在转为民用,要求在保证出口产品质量的标准的前提下,降低成本,提高竞争力,天然铀生产的前景很好,外销价格开始回升,我国与一些国家已签订了一些长期供货合同。我厂前几年就试制生产'八氧化三铀'等核品原料,实践证明,这条路子是对的。目前能承担这种生产任务的厂家不多。"

从刘厂长的话中,我理解,铀厂保证质量生产"八氧化三铀",出口创汇,这对完成"七五"计划和核工业的振兴,将做出重大贡献。虽然铀生产的利润只有10-15%的留利,是少了一点。但整个部、局都面临困境,我们要有全局观点,要为全局作贡献。这不仅是二七二厂领导的思路,也应该是部、局领导的指导思想。二七二厂与矿山相比,日子再艰难,也会比他们要好过一些。

刘厂长接着说:"另外,上级还同意二七二厂用铀生产的利润对转民人员予以补贴,以军养民几年,部、局对二七二厂还是很照顾的,比起兄弟单位(指当时正在关闭的矿山),我们的留利情况要算好了。我们把富余人力转民,是降低加工成本的重要措施。民品发展了,富余人员不靠军品补贴,铀的成本也就降低了。从核工业部生产调整后的形势看,衡阳铀厂仍是铀水冶和铀出口创汇的重点厂家,我们要强调多种经营,但一定不能'忽视铀生产'。"

魏征说,以铜为鉴,可正衣冠;以人为鉴,可明得失;以史为鉴,才可知兴替。

俗话说:"创业难,但守业更难。"

今天,重新回顾刘敬裘厂长这一段谈话,衡阳铀厂的职工在那样困难的情况下仍然有全局观,有大局意识,是多么难能可贵。刘敬裘厂长说得对,衡阳铀厂任何时候与矿山相比,我们是幸运儿。

没有去矿山体验生活的新一代铀城人,更应感到幸福。六十年来,我们虽然艰苦,再苦,也没有苦到发不出工资。所以,我们每一个人对企业都要有一颗感恩的心。要感谢父母、师长、领导,感谢企业,感谢这片生生不息,繁衍不止的土地!

刘厂长说:"我厂转民工作重点是大搞多种经营。根据厂情,可以从'化工、劳务、第三产业和横向联合'四个层次展开。"

刘厂长喝了一口茶,自信地说:"开发的化工产品可分为两类:一是纯碱、硝钠等普通化工产品;二是钼酸铵、阻燃剂、高档钛白粉等精细化工产品。纯碱有二万吨氨碱法和五千吨复分解法两项工程"。

我问:"二万吨纯碱进展如何呢?"

刘厂长惬意地说:"目前正在设计之中,纯碱工程拟投资690万元,预计两年内建成。碱厂建成之后,将新增投资2600万元,建一条年产五千吨钛白粉工程。金红石钛白粉属于精细化工产品,技术性强、质量要求高、产值高、利润高、且有利于出口创汇。"

在此之前,我采访过二万吨纯碱项目部的负责人,了解到二七二决定先上五千吨纯碱工程,原计划1986年10月投产,达到五千吨生产能力,如经济效益好,可增产到一万吨。二万吨氨碱厂,也留有扩大到四万吨的场地。这样二七二纯碱生产采用滚雪球的办法达到年产五万吨的规模,成为衡阳铀厂民品支柱产品。

1986年,劳务服务随着一批新建化工项目的兴建,出现新的转机。机电设备制造安装公司,除对外已承接的"广钢"两个静电除尘设备制造安装和"三化"锅炉安装任务外,今后还要开发化机械产品。随着化工分厂的建设,建筑安装、劳务项目也将不断增加,这使二七二厂的富余人员能充分发挥作用。

作为第三产业的运输公司,1985年取得了较好效益(在我的记忆中,运输的处长是二七二厂中层干部中第一个使用"大哥大"的人)。火车皮的租赁业务日益增加,效益可观。但刘厂长说的横向联系,的确是解决当时改革的重点的一个办法。

当时,技术咨询服务是有成绩的,包括湘衡盐矿在内的五个单位的横向联系,都获得了较好的效益。

刘厂长认为,二七二的转民工作,首先要完善已经建成的项目,如:硝钠和钼酸铵工程、加强三个横向联合单位的管理,获得更多的利润。一是要把在建的项目加速建成,如碱厂和阻燃剂原料生产工程。二是对工厂有较好效益的长远项目,积极争取,引进外资,不坐失良机。

厂领导班子总的设想是：在条件许可的情况下，把二七二厂办成一个既有无机化工，又有精细化工和有机化工产品的出口生产基地。

　　中等身材的刘敬裘厂长，虽然已年过半百，身体有些肥胖，他不仅有江浙人的细致，而且有湖湘人的体格，他喜欢侧身靠在沙发上，目光坚毅应对提问，他语言丰富，思虑敏捷，并且特别善于搭配词语制造出颇有深意的感言，而穿插在对话中的知识、要点、政策，更是让人"目不暇接"。

　　当我请刘厂长对化工分厂的工作多讲几句话时，刘厂长说："硝钠二期工程已完，预计年产量可达 1500 吨以上。硝钠车间已做了很多工作，但是质量要进一步提高；成本要进一步降到 600 元以下；产量要提高，日产达四至五吨。纯碱工程建成，将会是我厂民品利润的主要来源之一。要想方设法降低碱厂的造价，加快碱厂的建设速度。为此，全厂各部门都要支持。"

　　说到激动时，刘厂长站了起来说："实行厂长负责制以来，全厂各种矛盾的焦点都集中在厂长身上，我深感步履艰难啊！'保军转民'，其关键在两个字上做文章，一个'保'，我们要保住核品的优势，要不断挖潜降耗。另一个是'转'字，要艰苦磨炼几年才能出师。因此，转民中，各单位要做好自己的工作，肯定会有一定难度，这是第二次创业。目前采取分灶吃饭，促使大家认真地考虑本单位的经济利益，这本身是件好事。但要强调指出的是，全厂是一个整体，大家都要顾全大局。做到分工合作，相互支持。还是要发扬第一次创业的'艰苦创业，大力协同'的精神，不计较条件，不计较得失，克服困难，努力把各自的工作做好，把全厂的转民工作搞好。尤其是你们搞宣传工作的，担子不轻。"

　　我点了点头。

　　刘敬裘感慨地说："我相信天道酬勤，所以一直努力地耕耘。"

　　已进入天命之年的刘敬裘厂长，他只是一个团队的领头羊，从他饱含温情、做事洒脱的工作作风中，处处显出智慧。从他的话语中，我感悟到厂长的胸怀与大爱。他除了严谨与认真的工作作风，更有对祖国、对核工业、对企业的一份挚爱、对快乐生活的理解和对精彩人生的诠释。

从 1986 年起,二七二厂用 3-5 年的时间,先后完善了钼酸铵、硝酸钠两条生线,生产出合格的产品,取得了较好的经济效益;建成了年产 25000 吨的线碱生产线,开始了试车生产;正在建设中的年产 5000 吨钛白粉生产线,也即将竣工投产,从而初步奠定了铀厂走综合化工冶金道路的基础。

30 年前,老厂长刘坤从部里接过了生产第一颗原子弹燃料的任务;30 年后,中国第一座核电站的原料也是二七二厂生产的。这是历史的巧合吗?历史把机遇又一次推到了衡阳铀厂人的面前。

几十年过去了,如今重拾这些文字,有点痛,有点伤感……记忆虽然有些模糊,但历史却清晰永恒。

转民人物剪影

华夏大地的改革风起云涌。湘江北去,孔雀东南飞。在湘水之滨,素有
"旱涝保收"的衡阳铀厂,也经受着时代浪潮的冲击,国家产业结核的调整,
单一的军品生产使工厂发展步履蹒跚,企业已出现路子越走越窄的趋势。

先行官

1985 年,刘敬裘厂长率党政一班人,顺势而为,利用企业优势,开拓民品
市场!

当日历掀到 1986 年,军品生产猛然压缩 67%。偌大一家军工企业,一年
的生产任务剩下 33%,企业如何生存呢? 人们感到震惊:老天,军工任减少得
太快! 若不是决策者们的先见之明,使铀厂的生产出现战略性的转机。五千
吨纯碱的生产成功, 铀厂领导又作出了一项振奋人心的决策:"尽快建成一
条氨碱生产线。"

这条氨碱生产线,设计年产量两万吨。1986 年底,这条凝聚着铀厂 4600
名职工全部希冀的工程,在厂区西北角的一片荒坡上破土动工。

说化工分厂的创建,不得不提化工分厂厂长周密,这位毕业于清华大学
的高材生,了解他的人都知道,从钼酸铵到硝酸钠……这位转民线上的先行

官,早就家喻户晓,他每天的工作都在十二小时以上。从化工分厂建厂到五千吨纯碱的生产成功,三年的时间,他对分厂所有的机器设备和工艺流程了如指掌,并且熟悉分厂所有设备的性能。人们发现原本壮实的周密变得瘦削,面庞显得清癯了许多。周密出任化工分厂厂长时,正值两万吨氨碱筹备组"招兵买马",周密并没有像人们所习惯的那样新官上任先放三把火。

他不喜欢风风火火,手忙脚乱。他有他的用兵之道。当他一头扎进两万吨氨碱筹备,与筹备组的邱富生、搭档肖恒利及杜凯明等谋划着发展蓝图。

各车间各岗位向他要人,基层单位缺人、财、物,只要向分厂打报告,周密厂长这一关必先签字画押。

邱富生和两位搭档通宵达旦,在基层调研,报告一递就是十来个!周密厂长是鞍前马后地为基层服务,找刘敬裘厂长要人要钱,总厂必全力支持氨碱项目。刘敬裘厂长深知,两万吨氨碱是二七二厂转民初期的重中之重。

"氨碱上去了,二七二厂转民也就上去了。"从刘敬裘厂长到其他厂领导说这话时,都不用对口径就能异口同声。于是,指挥部对氨碱给予了"特权",无论运输、设备,均一路绿灯。铀分厂、化工分厂、运输车间以及其他各处室,从机关到基层,就像一个整体,牵扯到哪一根神经都能运行自如。

只要是合情合理的事情,要什么给什么。经历过衡阳铀厂一次创业的老同志无不感触地说,第二次创业比第一次创业要顺畅得多。

从两万吨氨碱筹备到试车的日子里,周密、林承富、徐荣、姚伟生人,没有一人过正常的节假日休息,家里的电话,总是在三更半夜骤然响起,只要是工地上的事情,二话不说,穿起衣服,在黑夜里冲出家门……氨碱筹备组成立时只有邱富生、肖恒利和杜凯明三人,为了加强筹备组的力量,分厂又把柳国宪调来了,从车间主任、书记到职能人员,他们建立了各种规章制度,以及一整套岗位责任制。同时,还编写了八万字的岗位操作法、设备保养操作法等。更重要的是他们提出了二百多项整改建议,为两万吨氨碱车间的试车成功打下了坚实的基础。渴了,暖壶里倒杯白开水;困了,趴在桌上打个吨。从工人们称他们"老邱、老尚、老杜、老柳"就能明白，他们是如何赢得了职工的爱戴。其实他们并不老，正当壮年。

化工分厂的创建从他们三个人，四个人，五个人，像滚雪球般"滚"成了一支阵容整齐，力量雄厚的化工队伍。

难忘的两天一夜

二七二厂总经济师方熊飞走进厂区西北角化工分厂，凝望着二万吨纯碱工程，那一幢幢洁白的厂房和一座矗立的碳化塔、吸氨塔，听到那空压机、煅烧炉有节奏的轰鸣歌唱，欣赏着雪花似的纯碱从煅烧炉中出来时的喜人场景，他的心潮就像开闸的江水一样翻腾激荡，脑海里又浮现起1985年二万吨纯碱工程项目论证时，令人难忘的两天一夜。

那是1985年，金秋十月，祖国各地都沉浸于国庆的喜悦之中。方熊飞、周密和刘岳球三人，受厂里的委派，带着厂里制定的一万五千吨纯碱工程方案，去北京参加核工业部科技委员会召开的第一次军转民技术改造项目论证会。这是一次不寻常的会议，它关系到衡阳铀厂第一个支柱民品项目能否通过立项，能否争取到国家的贷款，能否迈出转民第一大步。如果通不过就得重新准备，那将丧失一年的时间，这等于铀厂1000万的效益没有了。

秋高气爽的北京，车窗外景色宜人，他们三人却无心赏景。到北京后，在核工业部某招待所，忙着修改方案。埋头翻阅资料，反复思考方案中有关的问题。

第二天，核工业部第一次军转民技术改造项目论证会召开了，除了部科委的委员、各司局有关领导以外，化工部、建材部、冶金部、国防科工委、国家经委等重要单位的专家、代表都来了。会议群英济济、庄重而严肃。当周密同志介绍完方案后，却受到了化工部两位专家的尖锐批评。他们认为衡阳铀厂的 这个方案，产品繁多、流程繁杂。按照这个方案，消耗花费大量能量制成的固体碳氨,又生产出市场滞销的液体氨水,技术路线不对头。专家认为,这种方案不能通过。他们三人当场傻了,厂里制定的一万五千吨纯碱工程方案被否定了。在场的部局领导赶快宣布暂时休会,会后再进行磋商。

一盆冷水泼下来,他们三人急得直冒冷汗。中午饭无法下咽。难道就这样把项目丢了吗?难道他们三人就这样向厂里交账吗?总经济师方熊飞对周密和刘岳球说:"不行,我们不能这样回去!一定再想方设法把项目争取到!"

下午,周密同志把化工部的两位专家请到宿舍,诚恳地向他们陈述衡阳铀厂当时的困难,虚心向专家请教,请他们帮助曾经取得过辉煌业绩的衡阳铀厂走出困境。

"心诚所至,金石为开",两位专家被他们的诚意所感动,向他们三人建议:你们那里有丰富的盐卤资源,又有一个容量很大的尾砂坝,应该充分利用这两个有利条件,上技术成熟产品质量稳定的氨碱法,这完全有可能通过认证!一语道破天机,惊醒了梦中人,使他们茅塞顿开。

他们立即给厂里挂了长途电话,向刘敬裘厂长汇报了认证情况,请示抛弃原方案,而采取氨碱法方案。千里之外的刘厂长果断地拍板,同意他们的请求!

京都的傍晚,凉风习习。别人晚饭后都出去散步了,他们三人却窝在宿舍,紧闭门窗,把所有的资料都翻出来,按氨碱法流程重新进行计算改写,挑灯夜战。

夜深了,邻近楼宇的灯都熄灭了。方熊飞走至窗户边,望着窗外一轮明月。轻轻吟咏:"今人不见古时月,今月曾经照古人;古月今月同相望,一片丹心照铀城。"

周密也跟着感叹:"尽人事,应天命,但求无愧于心,千秋功过留给后人说吧!"

他们三人依然精神抖擞,一张张白纸在他们的手下变成了文字,算出了数据,绘成了图纸、表格、重写了报告,十几个小时过去了,远处传来了鸡鸣声。一夜的辛苦劳作，新的方案终于伴随着清晨的第一缕曙光诞生了。三人如释重负，推开门，快步跑进了晨跑的人群之中。

在这一天的认证会上，当他们拿出了氨碱法方案时，与会的评委和化工部的专家都大为震惊。仅仅一个晚上，就搞出了一个全新的、合理的可行的方案，真不简单！在一片掌声中，二七二的两万吨氨碱生产方案通过了立项。尽管他们当时有些紧张，热泪抑制不住内心的喜悦，还是夺眶而出！

"龙化"效应

1987年11月的一天，铀厂招待所门口聚集着一批年轻人，他们背包携袋，与送行的人们话别，那绵绵细语，那切切情意，犹如要远征的战士。

他们是去我国东南最大的一条氨碱生产厂家——杭州龙山化工厂（简称"龙化"）实习的。这是一家年产六万吨的中型碱厂，每年要接待几十批实习队伍。这一行38人，于11月中旬来到了"龙化"。全部人员放下包裹，草草安顿了住处，领队肖恒利、杜凯明带着他们进了龙山化工厂生产车间。

"上有天堂，下有苏杭"，这些平日在厂里贪玩的年轻人，居然没有一人想去杭州城西子湖畔一饱眼福。不是美丽的西湖对他们失去了往日的风韵，而是来自铀厂化工分厂的年轻人舍不得这难得的学习机会，珍惜这里的每分每秒。因为他们感到肩上的重任，这责任感来自职业的本能，那就是：为铀厂早日走出困境，重振雄风！

这38个人中，有品学兼优的党员、团员，有进取心强的青年骨干，当然也不乏过去曾蹉跎岁月的"飞仔"。在这风景如画的天堂，他们表现出了一种前所未有的精神风貌。正如一位实习队员说："人家'龙化'的职工有一流的技术，优良的品质，良好的修养，他们个个都是一心扑在工作上，厂里花钱让我们来学习，我们为什么不多说一点东西回去呢？"

肖恒利没有想到这朴实的话，竟然是来自平常在厂里表现不算太佳的一个普通的年青工人。他当即竖起大拇指："说得好，你很棒。带你们出来，不但学了本事，长了见识，而且思想素质提高不少。"

人们把他们回厂后的良好表现称之为"龙化"效应。

这批"龙化"学员后来理所当然成了氨碱的骨干力量。

石灰窑第一次点火

1988 年 5 月 23 日，是石灰窑 1 号窑建成后第一次点火烘窑的时间。时光虽然流逝，但记忆并不遥远。那难忘的一瞬间仿如昨日，脑海里不时闪现火光跳跃的场景，耳旁再次"碰"地爆响出雄壮的声音。

点火烘窑为两万吨氨碱车间全面带水、带料、带气、带压试车拉开帷幕。

从 5 月 22 日下午两点开始，白灰工段全体职工在盐水工段兄弟们的配

两万吨纯碱厂房

合下,由车间主任邱富生直接指挥奋战到深夜,做好了衡阳铀厂建厂三十年来第一次重大的献礼工程——石灰窑烘窑的准备工作。

5月23日,阴霾不散,天公用一副高深莫测的神情俯视着芸芸众生,给即将为1号窑烘窑点火的人们增添了几分神秘感。因为大家心中十分清楚:石灰窑烘窑最不保险,在此之前,也曾听闻过某兄弟单位发生烘窑死人的惨剧。故而忧心忡忡,站在窑前看热闹的职工一直都是缄口不言。

铀厂领导对两万吨烘窑给予了高度重视,为了使他们工作方便,特购买两台高频对讲机。安全帽、防毒面具,一切防护措施检查到位。段长吕国荣不止一次地叮嘱大家小心,再小心;技术段长曹峰沉默不语,却从厚厚的眼镜片中反射出坚毅的光芒。

这时,车间主任到了,书记到了,工会主席到了,分厂领导来了,总厂孙宗介副厂长来了……石灰窑群英会聚,大家相互致意,祝愿点火一次成功!

下午两点一刻,离预定时间还差15分钟。柴火、木刨花已经装窑。窑顶闭合得像一个钟罩,一大团被浸过油的旧棉纱静置其中。时间在着急的等待中,一分一秒地过去……

邱主任站在窑下,两点半钟,对讲机里传来他的声音:“点火开始!”

顿时,全场寂静,所有的人都感到神经猛地抽搐了一下,随即又镇静下来。

这时,负责点火的曹峰有意松弛一下大家的紧张情绪,说:“咱们的石灰窑是不迷信的,不会让咱们抬一头猪羊来祭吧!”

大家一乐,果然轻松了不少,只见曹峰将手中扎好的棉纱团往机油桶里浸了浸,十分谨慎地点燃了火把,向钟罩内的棉纱堆丢去,只听见“蓬”地一声,一团浓烟冲天而起,随即腾起一股暗红色的火焰。钟罩开启了,火势正旺的棉纱下到窑中,引燃铺好的木刨花和木柴。通过观火孔,看到了窑内火舌向四周欢快地舔噬。不一会,满窑内燃起了熊熊大火。

几个小青年对着人群大呼:“点火成功了!”

顿时,房顶上的、地面的人们欢腾了起来。窑上窑下,咫尺相隔,却能心息相通。有了第一次点火成功，才有后来 N 次的刷新纪录。唯有第一次点火，使人们难以忘怀。

共产党员是特殊材料做成的

战争年代，人们把共产党员叫"特殊材料"制成的。可是，在和平年代和社会主义建设时期，同样需要这些"特殊材料。"

在化工分厂两万吨的氨碱车间就有这样一批"特殊材料。"

1988 年 8 月 24 日，氨碱车间决定清理煅烧炉内的碱疤和碱球。主任邱富生、书记柳国宪与工段长周登巧开了个碰头会，决定从中班（化工分厂实行三班倒工作制，每班八小时）开始着手清理。下午四点，煅烧炉的四周站满了年青党员骨干，即使隔着炉子一米远，仍然能感觉灼人的热浪向外扩散，邱富生主任一头钻进了炉筒，当班班长、青年党员唐源见状，二话没说，也跟着钻了进去。

炉内的温度至少在 60 至 70 度之间，人一进去，旋即汗如雨注，汗水滴在炉膛里，"嗞"地一声，便化作一缕青雾。脚掌心简直在忍受着苦刑，胶鞋底软化了，只得把脚不停地踏动，以此缩短脚与炉膛接触的时间，即使这样，仍然感到脚心跟鞋底粘在一起。炉内的碱尘能呛出人的鼻血，眼睛火辣辣地难以睁开 。从煅烧炉里出来，人人脸色苍白，脚步踉跄，可他们只是站在鼓风机旁吹一吹，喘口气又钻了进去。

副厂长林承富来了，他不断地指挥大家十分钟替换一次，怕同志们仲暑，自己也几进几出煅烧炉。柳国宪、周登巧、李小明等党员同志抢着进炉，谁也说不清楚到底进去了多少次，他们又消耗了多少体力，直到次日凌晨两点才鸣金收兵。整整十个小时啊！

我只记得在西游记中看到过孙悟空在太上老君的炼丹炉里斗法，那是神话小说里的故事。在两万吨现场，却真真切切地看到了共产党员带头钻进高温的炉膛,他们不是神仙,是有血有肉的凡人,可他们完全依靠坚强的意志和顽强的毅力战胜了高温和碱尘。被人们称为"老虎段"党员骨干们就是在这样的工作环境里钻炉膛,通炉气的。那呛人的白灰工段,除了它,还有环境更恶毒的蒸吸氨工段。所以说:氨碱车间的共产党员是"特殊材料"制成的。

初露锋芒

在两万吨氨碱车间239名职工中,有几名朝气蓬勃的大学生:李映兵、吴大彪、郭建来、成衡军、凌伯衡、张丽华、周桂莲等。

他们分配来二七二厂之时,正是两万吨氨碱车间"招兵买马"之际,于是顺理成章成了两人万吨的"栋梁"之才,两万吨的建设便成为了他们事业起步的经典之作,通过两万吨熔炉的锻炼,这些人后来挑起了"大梁。"他们中的多数人都成为了二七二厂的中层领导。

古人说:"千里马常有,而伯乐不常有。"培养人才和发现人才都需要伯乐,化工分厂厂长周密和筹备组的邱富生一开始组阁就想到这些年轻人。

"人才难得,将才难求,好钢要用在刀刃上。"这大概是周密、邱富生的初衷。是钢是铁,只有用到刀刃才能见分晓。

这些人毕竟是学无机化工专业的,干起来、用起来,颇为得心应手。人们渐渐掂出了钢的坚韧和顽强。他们简直成了一群"拼命三郎",象玩命般地工作和学习,彼此帮助着,追赶着,成长着。在高高的碳化塔和石灰窑顶,每天都能看到他们充满青春活力的身影。

许东升是转业兵中的佼佼者,退武之前在部队干过文书,文字功底好。两万吨试车之前,化工分厂要编撰《纯碱工艺》教科书。这本书编成之后,却没有他的名字,这支编写队伍赫然印着五个人的名字:吴大彪、郭建来、凌伯衡、曹峰、成衡军。十六开本,洋洋洒洒六十万字,仅用两个半月的业余时间完成了。

他们初出茅庐,就显露了蕴藏的力量。碳化工段长凌伯衡在管理上确有胜人一筹之处,他把心理学用于现代企业管理中,把一个工段管理得井井有条。白灰工段长曹峰,从 5 月 23 日石灰窑烘窑开始,便与副段长吕国荣唱"双簧"。安全烘窑半个月,顺利拿出了第一批合格的石灰产品。

巾帼不让须眉

两万吨氨碱生产线上,活跃着一支特别能吃苦的"娘子军"。这些女同志,既有孩子的母亲,也有待字闺中的佳丽,不过请你别门缝里瞧人——把人看扁了。让我们走近她们,看她们的事迹,是不是能够让你动容?

"煅烧有个吕孝兰,干活就像花木兰。"大家都知道,花木兰女扮男装,代父从军,说的是打仗。虽然这话说得有点含蓄,听起来也有些微妙。这个吕孝兰到底如何?有人说她泼辣,有人说她尖刻,众说纷纭。我们来听一听工段长陈衡军对她的评价吧!

陈衡军说:"她赛过男子汉。"一语中肯。看她干活的确不赖。她天生健壮,高大的身体,干活麻利,常把鞋子扔到一边,说是打赤脚站在碱堆里凉爽。铁锹上下挥舞,连男同胞都得靠边站。全工段男人都公认她"能干。"好一个爽直的吕孝兰!

碳化塔旁一阵昏眩,一个女工倒下了。工友们喊着"杨玲玲"的名字。良久,她才慢慢清醒过来。

杨玲玲病了,高烧 39 度,病假条揣在口袋里,可她没有拿出来。原来正值氨碱全线带料试车的紧张阶段,组里人手少,看到大家忙碌不停的身影,她又怎能开得了口呢?

这样的故事,在两万吨转民工程中不胜枚举。

在氨碱施工图誓师大会上,在两万吨生产现场,我们听得最多的一句话是:"两万吨只要拿出合格产品,咱们日后就有奔头了,现在苦点没什么!"

天友钛白的崛起

    在二七二厂的西北角,一个新的厂房群拔地而起。高高耸立的烟囱和乳白色有厂房参差错落,道路纵横,机器轰鸣,车辆穿流繁忙,一派勃勃生机的景象。这就是二七二厂的化工分厂和钛白粉分厂的生产区。它们自成体系,

钛白粉厂

又与原军品厂房比邻相连,组成军民结合型企业群体。

钛白粉工程是根据国内外市场需要,结合铀厂转民形势而确定的转民项目,1987 年被列入国家技术改造重点项目,计划在 1990 年投产。

1991 年,二七二厂第十任厂长胡海泉上任,上任之初就与各二级单位签订了 53 份合,同时提出了"三大硬仗。"即:核电级二氧化铀成功投产;两万吨纯碱达产达标;钛白粉厂试车一次成功。

这一年,铀分厂提前 66 天完成全年核电"二氧化铀"生产任务,化工分厂两万吨纯碱第四季度突破千吨大关;钛白分厂于 10 月 1 日带料试车,奋战了 53 个日日夜夜,提前 39 天,已于 11 月 22 日拿出合格产品。在全国同行业中,钛白分厂实现了当年试车投产、当年拿出合格产品还是第一家,此项荣誉的获得,给二七二厂干部职工极大的鼓舞。

"十月怀胎,一朝分娩"。让我们随着记忆的轨迹回到那个火热的年代。

不打无准备之战

钛白粉是二七二厂的支柱民品,为重振雄风,全厂 4600 名职工责无旁贷。钛白粉厂成立后,先后建立了钛一、钛二、煤气站生产车间等 6 个科级单位,配备人员 275 人,培训职工 400 多人/次,并委派职工远赴镇江钛白粉厂学习。

1991 年,7 月 1 日,万里无云,一碧如洗。507 工号正门上方悬挂着"热烈庆祝钛白'七一'联动带水试车"的横幅,整个钛白粉厂到处洋溢着热烈和谐的气氛。

清晨,钛白分厂全体指战员,怀着激动的心情,早早地来到了钛白工地。49 名开工队员和 34 名突击队员,身着米黄色短袖厂服,个个精神抖擞。时钟刚指向作业点,湖南矿冶局的领导带着亲切的关怀来到了现场,陪同他们的有总厂领导及兄弟单位的领导。这时,现场总指挥钟支鉴发布命令:"钛白粉厂联动带水试车开始"。一声令下，只见开工队、突击队的同志像军人一样涌向各自的岗位。

黄伟敏段长报告：504 工号启动，设备正常；接着 506 工号工艺流程全线畅通；507、516、216 等工号传来喜讯，设备无异常情况；钛一车间相继反馈信息，工艺流程全线打通。钛二车间的水解、水洗、煅烧、前粉等工序报告，全线启动，一切正常。偌长的一条生产线，数百台设备，几乎是在同一时间启动，管线阀门，无一涉漏，这不能不说是一种奇迹！

试车从早上八 8 点至晚上 8 时，连续 12 个小时，设备运转正常，畅通无阻，各项硬件、软件技术指标均达到两千吨钛白粉生产要求，虽然是带水试车，设备经受了考验，钛白的干部和职工队伍也经受了考验。他们期待着 10 月 1 日带料试车。

干部身先士卒

"七一"联动带水试车成功之后，极大地鼓舞了干部、职工的士气。在一次干部会上，钛白分厂厂长钟支鉴提出："党员干部每天要上两个班，要发扬连续作战的精神。"钟厂长的话得到了全体干部的响应。在奋战 53 个昼夜中，干部身先士卒。

试车前夕，我采访了钛白厂长钟支鉴。

钟厂长告诉我，分厂有相当多的干部没有休息一个星期天，副厂长黄转运同志因连日加班，一天晚上，下班去澡堂洗澡，因身体极度疲劳跌倒在地，造成脚骨扭伤。生产组副组长、高级工程师胡运生，因年近花甲，在带料试车过程中，正是他大儿子结婚的良辰吉日，做父亲的原本打算去长沙参加儿子的婚礼（10 月 1 日），可想到试车，胡运生跟儿子儿媳、亲家作出了一番解释，最终决定留下来工作，生产组的任务又交给了他。每天十几个小时的工作量，那段日子，老胡吃住都在工地上。在试车的关键时刻，二儿媳不幸摔伤住院,直到亲家打电话告急儿媳病危,他才抽时间去医院看了一下。

人生总是祸福相依。俗话说:不如意者十有八九。可是,最大的不幸又降临到胡运生头上。就在钛白粉试车最紧张的时候,父亲突发脑溢血,在医院抢救十几天,他也没有请假去照顾父亲,直到 10 月 19 日,在分厂领导的多次催促下,他才赶到医院探望父亲,几个小时后,父亲走了。

父亲走了。他跪在父亲病逝的床前,心如刀绞。因为忙,总认为尽孝还有时间;因为忙,没能多陪父亲,哪怕一天。因为忙,却无法做到"忠孝"两全。

父亲走了,把胡运生领进衡阳铀厂的那个人走了。

父亲走了,世界上那个帮他遮风挡雨的那个人走了。

父爱如山,真挚深诚,很长一段时间胡运生都不能释怀。

11 月份,钛白分厂在召开庆功会上,总厂给钛白分厂发了奖金,分厂中层干部没有一个人拿一等奖,是他们没有资格吗?不是的,一等奖金评的全是一线工人。落实了钟厂长在试车前的讲话精神,员工尽职尽责,干部以身作则!

众人拾柴火焰高

一个企业有了好的班子,好的干部,就必然有好的职工队伍。

钛二车间三工段长、共产党员郭庆祝、牛崇海等一帮基层骨干,在奋战 53 个昼夜中,连续上两个班 30 余天。试验车间副主任郭发明带领一帮人,为了使煅烧炉早日烧出合格产品,连续工作 5 个昼夜,共完成 14 批 50 个煅烧小样,拿出了与镇江钛白粉相同的合格样品。机修车间副主任李章红,两次推迟结婚时间,他发誓:"钛白不生产出合格产品,他不结婚。"这样的壮志豪情恐怕只有在那个年代才能付之以实。诸如此类的例子太多太多。如:段长周光华胃疼,几天不下火线,女工干事蒋金玉看在眼里,急在心上,半夜从家里做好面条送到工地,老周吃面条时,发现还有荷包蛋,他感动得流下了眼泪。

同一首歌

二七二厂在转民的大潮中,为了使二七二早日脱离困难,我们的党员骨干带头干、抢着干、拼命干,诞生了许多先进人物和典型事例,而我们总会为某一个场景所动。在这里展示的只是这一部乐章中几个简短的音符。

铀分厂青年突击队

1991 年 6 月初,在湘水之滨二七二厂的西北角,钛白粉厂已经建成。一个周六下午,我被邀进入钛白粉厂采访。

进入钛白粉厂的大门,便是一条笔直的水泥马路。马路两旁,整齐地排列着一幢幢崭新的厂房。一条条架空管道横跨马路,矗立在厂房一侧的烟囱,以独有雄姿告诉二七二人,这就是花了几个亿建成的二七二厂支柱民品——钛白粉厂。

啃硬骨头

这一天钛白安装工地上,十一名肩负钛白全部设备整改的重要角色毅然登场。这个突击队成立不到六小时,队长马家献临战授命,清晨六点,十一名突击队就来到了钛白工地。十分钟后,突击队们整装待命。

马家献对大家说:"你们都是各单位抽调来的年轻的技术精英,接上级命令,三天内,完成一千米管线托架安装,有没有信心。"

大家异口同心地说:"有,保证完成任务!"

三天,要完成一千米管线托架安装任务。当时,队长马家献心中是没有底的,为什么,他要接受这项艰巨的任务呢?因为,钛白工程指挥部和铀分厂领导下的死命令,没有借口,使命必达。

一千米塑料输送管分布在厂房内外的墙壁上、天桥下,距地面4-10米不等,没有起重设备,没有云梯架,光靠双手完成高空吊装、托架焊接,任务十分艰巨。

队长马家献把十一名突击队员分成五组,两人一组,自己带一组,人员分配好后,由于安装方案已经确定。

接任务的年轻突击队很快把规格为70毫米角钢从库房运出,并分配到位。马家献说:"留下两队人跟我去啃硬骨头。"

四名队员已敏捷地登上了十多米高的铁桥,耳旁仍然回荡着队长马家献那浓浓的北方口音"注意安全"。

一会儿,两根粗绳索从天而降,马家献接住绳头,迅速向两端系住一百三十斤重角钢托架,打结、固定。紧接着,一声令下"预备,一二,起吊……"。在"一二、一二……"的号子声中,四双健壮有力的手紧篡绳头,节奏统一地向上牵引。托架平稳、匀速地升向空中……与此同时,槽钢的切割声与高空焊接的火花演奏成了一曲劳动的歌声……

紧接着两根、四根、六根,顺利吊到指令位置,一小时,三小时,五小时过去了,拉吊绳的年轻突击队,弯下的腰痛得不能直起,七小时后,向下望去,已是眼花缭乱……随着十米、二十米……二百米角钢支架从打满血泡的手中向厂房远处延伸,一条钢铁长龙徐徐腾空而起。

成功总是与智者同行。一个缺乏信念的群体,只是一个储存废品的仓库,只有充满希望的群体,才是一支动人的交响曲。

第二天,夜幕降临了,队长马家献站在天桥上,大声喊:"兄弟们,还有最后一根了,大家加把劲,争取天黑之前完成任务。"

同志们加快了工作进度,马家献看了看手表,晚上七点一刻,一千米角钢托架安装任务完成了。突击队们啪了啪身上的尘土,迈着沉重的脚步踏上了归途,暮霭淹没了钛白的工地。微风吹过,似有一支熟悉的旋律,弥漫在工厂的四周。

事后,二七二副厂长孙宗介对年轻的突击队竖起了大拇指,说:"从他们的身上,我找回了年轻的自己。"

如果说,1958年二七二的第一代拓荒者开启了《创业者之歌》。上世纪90年代初,第二代二七二人走上守业与创新之路。

联合作战

1991年7月1日,钛白粉厂带水试车,牵动了二七二厂无数干部员工的心,在军品限产十年间,二七二厂把发展的重心,调向了民品,而钛白粉厂是二七二厂倾力打造的重头戏。

当时,在二七二传递着一种声音,如果钛白失败了,二七二厂的处境会更加艰难。在二七二厂如此困难的情况下,钛白工程的工程建设与安装无力外包。整个钛白工程完成是二七二从几个分厂抽调来的技术人员进行安装的,其中铀分厂所作出的贡献最大。加之,二七二厂的骨干技术力量,几乎都聚集在铀分厂的(一、二、三、八)四个车间。

几十年过去了,我依稀记得1991年6月27日至30日,短短的96个小时,厂工程指挥部下达了34项突击整改任务。

面对高强度的劳动,高质量技术要求,突击队长马家献、副队长宋康太,果断地采取科学的管理方法。

管、钳、电、气焊 30 多名突击队员,个个都是一专多能的高手,他们进行最佳组合,四路精兵分头出击,在室外气温高达四、五十度的工地上摆开阵势,联合作战。

队员们摩拳擦掌,跃跃欲试。

三台空压机整改任务,需要三天完成。钳工刘本辉、易振宇苦干加巧干,尽用一个班啃下了这块"硬骨头"。

几十个高空设备管道泄漏点亟需修补。管工刘冬祥、汪建安、陈建美灵活敏捷地爬上爬下……电气焊工林爱华、刘俊蓉、李建湘积极配合钳工,取材下料,忙而不乱,他们工作起来一丝不苟、精益求精……

氨压机输送管道的改装,高精度转子流量计的安装,泵体硕大的空压机、真空泵、磨碾机的检修……一道道难关攻破,一项项任务完成,一张张认真而专注的面庞,一个个健步如飞的身影……整个钛白安装现场沸腾了……

他们用不同的旋律唱着——同一首歌。

那湿了又干,干了又湿的蓝色工作服上,一条条汗渍盐线醒目地记录着那个闪光的时代。年迈的父母凝望着披星戴月的儿子归来,温柔的妻子用半嗔半怨的口吻对疲惫不堪的丈夫说:这段时间又黑又瘦,多吃点吧!

没有人叫苦,也没有人喊累。却有人用双手压着胃部,痛得弯下了腰还在干活;有人早上打完点滴就直奔工作现场;有人右脚发炎,肿得连鞋子都穿不进了,还肯离开安装现场……

这就是铀分厂安装突击队,钛白粉厂留下了他们的足迹,他们用奉献、热血与激情奏出了时代的华章。

钛白粉第一锅料

钛白粉厂在经过多次带水联动试车后,二七二厂决定在 1991 年 10 月 1 日,正式带料试生产,以优异的成绩向国庆献礼。

这一天,晴空万里,早上七点三十分,各路人马云集钛白现场。

操作工满面春风走上了岗位,检查设备,清理现场,做好准备。半小时后车间主任张连生接到上级指令:8:08 分准时开车。

此时,张主任紧张得汗流满面,好似肩挑重担。这是领导对他的信任,辛苦了几年的劳动成果马上就要得到验证了。

在陆续收到各工段"一切准备就绪"的报告后,只见他目不转睛地盯住时钟,一分钟、两分钟过去了,墙上的挂钟在以秒针读取,终于,迎来了开车时间。他用手扶了扶眼镜架子,清了清爽音,迅速握住话筒,庄严下令:"各岗位就位,请合上电闸,按下开关!"

刹那,磨机启动了,厂房内机声隆隆,炭粉状钛精矿源源不断投入磨机。岗位工报告:"磨机转运正常,钛精矿进料正常!"

接着酸解工序反馈信息:"酸解工序已作好待料下锅准备。"

张主任再次下达命令:"磨矿向酸解送料!"

五分钟过去了,十分钟过去了……二十分钟也过去了。酸解送锅却空空如也,没有迎来磨矿的料。

钛白粉厂一角

在这个节骨眼上，输送泵突发故障。输送卡壳，矿粉送不出去。操作员急了，工段长急了，车间主任急了……现场观礼的人也急了！

钛白粉厂长钟支鉴脸色铁青，严密关注着迅速赶到现场检修进度。他知道，埋怨没有用，更不可以发脾气。镇静自若的钟厂长，微笑着对观礼的人说："一点小故障，马上就好，咱俩去其他岗位参观一下。"

钟支鉴厂长的大将风度，使凝固的气氛一下子轻松起来，观礼的人群随着他手指的方向离开了磨机岗位。

10月1日，这天，总厂和集团公司、矿冶局的领导以及省市工商界的领导，都前来观战助阵；与此同时，全厂一万多名职工家属的眼睛也在同一时间关注这个焦点。他在心里暗暗祈盼，千万不能出事啊！一定要试车成功！

钟支鉴沉思瞬间，二七二厂副厂长兼总工程师孙宗介走上前来询问原因。当得知是脉冲泵突发故障时,孙总笑呵呵地说:小问题,抓紧时间处理。钟支鉴知道,孙总是在给他鼓劲、打气。

此时,车间党支部书记曾日林走近钟厂长耳语几句,钟支鉴郁闷的脸,马上绽开了笑颜,连声说:"好办法,好办法。"

随即,钟支鉴宣布兵分两路:第一路机修车间迅速组织人员抢修;第二路组织力量搬运磨好的矿粉。刹那,从钛一车间赶来的职工,立刻忙碌起来,他们将磨好的矿粉一袋一袋运往酸解一楼,再用吊车吊到十米高的平台,然后由人工投料。手推车不够,大家就用肩扛。接着,钛白机关后勤的人来了,党员骨干来了,各车间的人也赶来支援。大家只有一个心愿,早日生产出合格的钛白粉。

由于地方狭窄,人多拥挤,大家只好轮流上。排成了"一字长蛇阵",搞接力运输,25公斤重一袋钛精矿粉,不一会儿就堆成了一个半圆形小山。这时,酸解锅内已加入近10吨97%的浓硫酸,再加上2公斤的压风进行搅拌。硫酸在锅里搅着反应,冒着烟,推着浪,不时硫酸出锅口,看着吓人……如要人工投入矿粉,危险性大。可是,二七二厂历来把安全生产放在首位,先安全,后生产,已经形成了颠扑不破的真理。

此时,安全员走近大家,对参与运钛精粉的人员进行了疏理,把年富力强的生产骨干、党员留了下来,当场进行安全演示。在确保安全的前提下,尝试着人工投料。每投一包料,锅内都会喷一次灰,顷刻之间,只见烟雾、粉尘迷茫,酸解锅周围看不到人影。黑灰扑面,酸味刺鼻。

一会儿,大家的头发、面庞、直至整个身子,都镶上一层黑灰,除了眼珠滚动,谁也不认识谁。吊运的料很快投完了,经测定计算还差料三包。这个信息刚一传出,三名生产骨干便旋风似的跑到一楼,每人背一包25公斤重的料,一口气冲上了10米高的平台。仅仅用了20分钟六吨矿粉就全部投进了酸解锅内。

当第一锅料的六个质量指标,全部达标时,现场的职工激动得拥抱在一起。人们记住了钛白粉厂试车成功的日子——1991年国庆节。

　　这一锅料承载了二七二人在转民中的使命，并且伴随着市场经济的大潮走过艰辛与荣耀。十七年后，也就是2008年企业分立破产，二七二将优势民品钛白粉厂划归中盐集团，实行"军品、民品、品区"三家分离，从而使二七二铀业步入快速发展的轨道。

迟来的婚礼

"执子之手,与子偕老"这么简单的一句话,却要用一生来践行。

——题记

1991 年 11 月 24 日,是一个喜庆的日子,长长的鞭炮把沉睡的隆冬和沉思的大地搅得热闹非凡。

一对新人在众人簇拥下,钻进了一辆贴着大红"囍"字的小汽车。

"多好的一对啊!男才女貌。"

"听说他俩结婚证都打了一年多了。"

"男的是钛白粉厂的一名车间领导,要是钛白没出合格产品,还不知女的要等多久呢?"

人群中的议论当空袭来,声声入耳。

冬天的霏雨,多情而浪漫。他俩——李章红、刘虹就在这欢天喜地祝福声中,走进了婚姻的殿堂,有情人终成眷属!

天还未亮,新娘就为新郎煮了鸡蛋、红枣。挤好了牙膏,准备好了热水。刘虹喊醒了睡梦中的丈夫:"章红,今天去上班吗?"听到妻子的叫声,李章红一个鲤鱼打挺的动作,从床上爬了起来。穿好衣服,濑洗完毕,三下五除二就干掉了早餐,骑上那辆咔吱咔吱的"天马牌"单车来到了上班的主马路上。

钛白粉厂一角

他到厂区时,距上班时间还有半小时,还没进入钛白现场,那熟悉的机器隆隆声已经入耳,前粉雷蒙机在正常工作。岗位工立马冲了出来,大声喊:"李主任早啊!"

"哟,新郎官就来上班了。"一位胖小伙迎面拦住了他。

"玩了两天,够啦。"他微笑着。

岗位工插嘴:"也没有去度蜜月啊!"

"设备运行还好吗?"他一边敬喜烟,一边从衣服口袋里掏喜糖(那时工厂没有禁烟)。

"沾主任的喜庆,这几天设备也听话,生产正常,还多产了十多吨钛白粉。"

"好就要得,大家辛苦了,坐一会儿吧!"

"主任,你来得太早了,我们正准备下大夜班了。"

李章红抬头看了一下墙上的挂钟,时钟正指向七点三十分。

说起这位新郎官，他来二七二厂的时间才四年多。1987年夏天，22岁的李章红从湘潭毕业分配到了核工业二七二厂，对于胸怀抱负的李章红来说，他向往核工业，励志要在核工业发展，对二七二厂充满新奇。从踏入二七二厂那一刻起，他感到惬意，感到自豪。上班的第一天，分配在基建工程处，领导安排他到供应组上班，配合师傅做好钛白工程的设备的选型、货源、调研和订制。

　　那个时候，大学生对于二七二厂来说是稀缺资源，正赶上二七二厂转民的大潮，所以，一般分配来的大学生都会放在重要部门或者关键岗位。

　　在学校老师曾经教过他们，你们有理论知识，但是缺少实践。不懂时，切不可以装懂，或许当时的沉默是为日后的努力埋下了伏笔。

　　下班后，他一个人静静地坐在书桌前，把砖头厚的书翻得"哗啦啦"响。《工程设备选型》《化工机械手册》……凡是跟工程建设与维修有关的书籍，他都会从科技读书馆借来一阅，门门涉猎，日积月累，就这样，他在一边学习理论，一边参与实践的工作中成熟了……

　　在日常的工作中，开始崭露头角，领导开始关注他，有机会就派他出差。

　　他记得第一次远行时，那天晚上，他准备了换洗衣服、毛巾、牙刷、牙膏，还有吃的方便面，塞了满满一袋子。到目的地后，才知道这一切都是多余的，外面都可以买到。

　　走在繁华的大街上，内心有几分从容。可是天气太热，自己带的水喝完了，满街的高级冷饮摊，不停地叫喊。口渴了，他却要了一杯清淡的凉茶。路过的行人笑他太"酸"，他没有脸红，也没有恶意。却说："酸甜苦辣，先酸后甜嘛。"这是他第一次出差留下来的回忆。在人生的旅途中，每当遇到过不去的坎时，只要想起一杯清淡的凉茶，就会有无限的动力和勇往直前的勇气！

　　他常调侃自己是一只从山沟里飞出来的"青鸟"。人们都知道"青鸟"是能够跟凤凰媲美的大鸟。他说自己是一只"食饱"了善飞的鸟，从贫瘠的乡村几座破旧的砖瓦屋里的"鸟巢"飞向山外，菁菁的校园、新兴的工厂。

　　每飞一个地方都让自己变得坚强，从小学到初中，他一直是"三好学生"，初中到高中，他是"优秀团干"，读大学时就加入了中国共产党组织，一次又一次练就了一双坚硬的翅膀……大学毕业时，班主任问他选择什么职业呢？

他说："他想去企业，最好是国营单位。"

班主任说："如果你想拥有最好的东西，那就应该做你从未做过的事情。"

进入衡阳铀厂后。第一年他就被评为"工会积极分子"，之后连续两年评为"优秀科技工作者"。

陀思妥耶夫斯基说过："荣誉这个词儿的含义是义务。"

他觉得，劳动光荣，劳动能够创造财富，让人生充实。

正如作家高晓松所说："生活不只是眼前苟且，还有诗和远方。"

他想起了磨机试车的那个寒冷的夜晚，整个厂房的灯光把在场人的面孔照得毫无表情。由于磨机进料系统设计不合理，加上当时钛精矿流动性差、且湿润。试车过程中，突然造成电磁振动给料中断，非同小可，问题的严重可想而知，必须尽快化解这里的"卡喉"。

他立即脱下御寒的棉袄，迅速地钻进漆黑的贮斗内，用尽全身力气把矿粉铲进漏斗口。当所有的人见他就像田埂上觅食的青蛙屈膝地蹲在地方狭窄的磨机进料口前，用细长的手指一把一把地布料时，惊叹："这小伙子干起活来像一头牛。"

他身上的确有一股子牛劲，手指被矿砂磨出了血泡，还一声不吭地蹲在100多分贝的噪声中，一蹲就数个小时。他出来的时候，黑黑的嘴唇，黝黑的面庞，只有两只眼睛像黑夜中的星星闪闪发光。

多年之后，李章红同志已经是中核二七二铀业公司纪委书记，我有意问他那一次"布料"是怎么回事？

他和亲切地说："那个时候血气方刚，根本没有想那么多，只想到生产不能耽误。自己是党员，也就上了。"

法国作家巴尔扎克说得好："最漂亮的聘礼就是才干。"而真正有才的人总是善良的，爽直的，谦卑的……

1991 年 3 月，李章红被任命为机修车间副主任（副科级），这是他人生路上的一个起点。然而，就在他刚刚上任不久，却碰到了一个非常棘手的问题：由于钛白粉厂是新建的分厂，当时的机修工都是从各单位抽调来的，年轻的技术骨干，别人舍不得放，基本上是一些年老体弱、技术平平的人，职工队伍参差不齐，技术力量非常薄弱。他从人事员那儿要来了花名册，一个人一个下午就坐在办公桌前，将花名册中的人，一个个看、一页页翻。机修队伍人还不少，有 120 人，其中，刚从技校毕业的占一半，"半路出家"的改行的占 15%，退伍军人和体弱多病的占 15%，技术比较全面的仅有 20%，将来要确保钛白几个生产车间的设备维护和检修，谈何容易啊！

他知道，人的因素是决定成败的关键因素！兵不在多，而在于精。这缘于他闲暇之时，爱读战争题材的小说，给了他启迪。

他想到了"红军长征"的大会师；想到了"解放战争"的胜利，想到了抗美援朝，为何能够打败美国……许多成功的案例！最后，浓缩成四个字"岗位练兵。"核心问题是全面启用技术全面的 20% 提拔为工段长、班组骨干，核心作用是发挥党支部、党小组的"两个作用。"他心中有了底，每逢闲暇就主动深入职工队伍中，找他们谈心、交流，从职工中掌握了搞好生产的第一手资料。

万事俱备，只欠东风。人员配备都到齐了，偌大的一个机修车间没有工棚怎么检修呢？吃完晚饭，他与主任骑着自行车就往厂区跑，俩人在钛白粉厂现场四处转悠。突然眼前一亮，发现 504 工号库房空着，立即骑上那辆天马牌自行车跑到分厂厂长家，厂长见他们进门气喘吁吁的，还以为厂里出了什么大事。

喝完凉茶后，李章红连忙解释，是为检修棚而来，厂长如释重负。

他要求厂长把暂时闲置的 504 工号库房拨给他们做检修间，厂长答应了他们的请求，如愿以偿的他重又回到了钛白工地。那天晚上，两位主任就坐 504 库房谋划着检修车间未来，直到夜深人静，他们才离开库房，时至今日，他想起来那一夜，仍然激动不已。

都说:"新官上任三把火。"新建的单位,整章建制,人员安排,基层骨干任命,许多工作都要亲历亲为,忙忙碌碌的工作,与大家相处闲聊的日子就少了。有人说他,当官之后,没了人情味。

那个时候的油漆和钢材是"紧俏"物资,也就是这些"紧俏"物资常常被个别职工惦记。

有一次,偏偏被他发现了"俏货"上了车,二位青工见事不妙马上奉上烟。俗语说:拿了别人的手软,吃了别人的嘴短。一向视香烟为知己的李章红却当场拒接,并严厉斥之:"拿下来吧!先跟二位打个招呼,这个月奖金没了。"事后,有人说他太不近人情,平常玩得那么好,做事太"刻薄"。

几十年过去了,他从来不拿原则做交易,无论是同事朋友,还是上下级,他一直信守自己的道德底线,不逾规。

有人算了一下,1991年下半年,他主持的技术整改仅解决疑难问题达一百余项,加班超过一百天。无论白天、黑夜,他既是指挥员又当战头员。他常白天黑夜加班,女友刘虹,急坏了,怕他的身体吃不消。长达三年的恋爱,可以说是情深意笃,志同道合。爱情是甜蜜的,恋爱中的男女,干起工作是更加的充实。女友理解他,相信他……

俗话说:女人看现在,男人看将来。

刘虹的父母都是通情达理的人,没有看错这位受过高等教育的女婿。

金秋时期,钛白的整改工作接近尾声,他立即喊上几个玩得好的兄弟雷厉风行把木材搬运到已联系好的矿冶技校,开始请木工师傅打家具。半个月过去了,一套现代款式的家具做好了。一天晚上,刘虹去找他,见他消瘦了许多,关切地问:"你最近是不是没睡好啊,又黑又瘦的。"看着女友,李章红痴痴地笑着。

第二天上班,钛白分厂领导问他:"小李,什么时候吃你的喜糖呢?"

他微笑作答:"先抽支烟吧!我曾当着大伙的面说过,钛白不出产品,我不结婚。"

1991 年 11 月 22 日下午 2 时，第一批合格的锐钛型钛白粉在前粉磨机的超常作业中诞生了，那是一个激动人心的时刻，整个衡阳铀厂沉浸于幸福欢乐之中。提前 39 天实现了年度拿出合格产品的奋斗目标，创我国硫酸法钛白一次开车成功纪录。下班后，他第一时间，把这个好消息告诉了女友刘虹。成功的喜悦令他难以抑制自己的兴奋，他天真得像一个三、四岁的孩子。

新婚典礼上，钛白分厂书记康华荣代表钛白粉厂向这对新婚夫妇致证婚词，康书记那衡山口音和一口塑料的衡阳普通话使婚礼更增几分色彩。

康书记说："秋天，是丰收的季节，在全厂上下洋溢着节日般的气氛中，我们钛白粉厂又是喜上加喜。感谢你们于百忙中，抽出宝贵的时间，参加李章红和刘虹同志的婚礼！在这个浪漫温馨美好的时刻，我们共同见证了一对新人，步入爱的殿堂。让我们举起酒杯，祝愿这对新人，婚姻美满，生活甜蜜，早生贵子，白头偕老！干杯！"

掌声，鞭炮声，笑语声，祝福声……把这个"迟来的婚礼"推向了高潮。

劳务线上的异军凸起

在军品限产的十余年间,根据国家安排,二七二厂对铀生产工艺做出相应调整,生产八氧化三铀出口,累计创汇 3.85 亿美元,为核电事业的起步做出了贡献。1991 年,工厂成功生产出核电用二氧化铀,为企业"寓军于民"奠定了基础。

自 1981 年起,二七二厂除了"军品民品"之外,第三大收入就是劳务了。在"保军转民"时期,工厂相继建成了钼酸铵、硝酸钠(钾)、纯碱、钛白粉、中性蛋白酶、聚合硫酸铁等民品项目。主打产品有:投资 50 万的钼酸铵、75 万的硝酸钠、220 万的纯碱五千吨工程和 1100 万的两万吨纯碱工程及投资7000 余万的五千吨钛白粉。据《厂报》报道,对外投资有:衡山氮肥厂、海南选矿厂、衡阳白水泥厂、沙河县农机厂等;劳务承包的项目有:广钢、广陶、三峡土方工程和秦山核电土建工程等。太多的项目投资与建设,我们只能选一些重点项目进行报道。

沙河杂记

1985 年 5 月,二七二厂投资 30 万承包的广州沙河农机厂,到底效益怎么样呢? 他们在那儿的工作、生活情况怎么样呢?

受厂办的委托,我有幸走访了沙河。我们到达广州是上午七时半,九时即到沙河农械厂。凑巧,这天正值农械厂产品鉴定签字仪式,广州各有关部门的领导、专家和技术检测人员济济一堂,聚会在农械厂的三楼会议室。我们被引上楼去,会议正在热烈地进行,一位系着紫红领带,身着蓝色西服的中年人,振振有词地发表着颇受欢迎的演说。他说的是广东方言,声调激越爽朗,可惜我一句也听不懂。所谓"颇受欢迎"是从诸多听众的兴奋表情上看出来的。我猜想,他多半是广州市某单位的领导或鉴定所的专家。其实不然,他竟是我厂派去主持沙河农械厂全部领导工作的主要负责人常家驹。

后来,常家驹给我们介绍情况的时候,讲的是普通话。我好奇地问他:"你是广东人?""我是广西人。"

广西人学广东话,也许比湖南人容易些,他们讲话语系相似,但要把广东话说得那么流利,富于节奏感,恐怕就不那么容易了。

常家驹告诉我们,在广州办事,会讲广州话方便得多。有些事情让不会讲广州的人去办,简直困难重重,但换一个会讲广州的人去办理,会顺利得多,一说即通。我说:"交流、沟通要方便些,接地气嘛。"

常家驹笑了笑说:"现在有些城市有排外的情况,我看广州尤盛。"

在厂里时,也曾听人说过一个例子,我把那个例子说了出来:一车间在广州买了 20 台砂泵,派去的人不懂技术,交货时没有检查。回厂后发现 20 台砂泵全是废品,一台也不能使用,只好又返回广州交涉。去办交涉的人不会说广东话,售出单位干脆以"听不懂"为由,拒之门外,不予理睬。这位交涉的同志只好以笔代言,满满地写了大篇意见。对方看后,回答时只说不写。他只听哇啦哇啦,其声贯耳,却不知所云何意,急得抓耳挠腮,一筹莫展。万般无奈,只好找沙河农械厂的同志想办法,最后由蔡海南出面。老蔡也是广西人,也能说一口漂亮的广州话,所以问题得到了满意的解决。

蔡海南听后,笑了笑说:"没想到这件事还传到了厂里。"

当然，在广州办事会说广州话还不行，空口白话，除了交流思想情感的方便，别的就不是那么有吸引力的了。最有吸引力的恐怕是钱。有钱好办事，办好事，这在广州大概没人会提出非议的。

常家驹说："像今天的产品鉴定会，本是很简单的事情，产品是拖拉机的拖斗。并不复杂，也没有什么技术含量，按说评审通过是毫无疑问的。可是不行，还得表达一点儿'意思'，当然不是给评委们现金，而是'留餐'，这样两千元便没有了。"

我说："中国是人情社会，你刚刚讲了，这座城市有排外情结，我们是外来的和尚，冒办法。"

蔡海南说，这个过程绝对免不了。否则你这个拖斗就通不过。人家不给你签字，你的产品就不能销售。他还告诉我，有时请人审定一张图纸，也得花几十元，不然就不通过。在这个问题上，我看到他有些为难。是不是按照财务制度，有些开销不能入账呢？

他笑了笑说，今天光招待费就要超一万元。

我问，这问题能不能在《厂报》上披露？

他爽快地回答，可以。应该让厂里了解我们在外面办事的难处。

我问起了他们的生产情况。

蔡海南说，生产还行，去年沙河向厂里上交了十万零七千元的利润，今年的目标是十八万。

当我问及他们的职工的待遇如何。

他说，这里的分配制度跟厂里不一样。

我问，怎么过不一样法？

他说，职工拿的是计件工资加奖金和计时工资加奖金两种，计件工人每月必须完成规定的 26 个工作日和与此对等的工作量，完成了，发给基本工资，超额部分按一小时三毛钱算。拿计时工资的主要是管理人员及后勤人员。去年，沙河厂工人月平均奖金是 187 元。我默算了一下自己的工资，基本工资 39 元+保健 13.6，我一个月的收入是 52.6 元。在沙河厂工作的工人光奖金就是我的三倍多。

　　驻沙河的两位负责人常家驹和蔡海南，在任职期间是办了很多好事情的。他们几乎没有星星期天，晚上十一点以后还常常在外面奔跑，联系业务。广州是个竞争的城市，业务不是那么好联系上的，他们为此付出了很多心血和艰辛。所以，他们除了完成本部门的上缴利润，还承包了广钢的业务，广州陶瓷厂承包的合同也正在谈判中。

　　听完蔡海南的介绍，我感到很激动。我在想，沙河厂是有希望的，它正像一只振翅待飞的雏鸟，充满着希望和憧憬。这里是我厂对外联系的一个"窗口"和"桥头堡"，通过它可以开展多方面、全方位的与外部横向联合。

　　厂里承接了"广钢"设计安装的两台静电除尘器，就是沙河厂这个对外窗口提供的信息。

　　常家驹和蔡海南两位负责人有一点值得称道，他们在外严于律己，不为私利而失节。我们部系统有一个矿派了一个安装队在广州，半年时间，换了八任领导人。当这个矿的纪委派人来向他们了解情况时，他们站在党的原则立场，提供了很有用处的材料根据。

　　第二天，我们在白鹤洞的嘈喳街道上又遇见了常家驹，他是来广州办事的。从广钢到沙河，乘坐公共汽车，要两个多小时。这时，华灯已明了。我要留他在广钢住宿。

　　他说，"回去还有事。"

　　他那穿着在厂里统一配发的蓝西服的身影早已汇进了踊动的人流。望着他的背影，渐行渐远。

　　我在想：他太忙了。

　　他快步去了码头，过了江，然后再乘公共汽车回厂。他没有要小车或租"的士。"然而，他是可以要，可以租的。

广钢生活录

这里的"录"不是广州钢铁厂人们的生活。这是衡阳铀厂在广钢进行静电除尘器设备安装的工人们的生活小记。

大家都知道，"广钢"是中国第三大钢铁集团。质量好、信誉高、是广州名牌产品，曾获全国冶金产品实物质量最高奖——"金杯奖"；被国家技术监督局列为免检产品。

广钢集团拥有一支精良的设计施工和建筑安装队伍，能承揽各类工业设备、电气、工业民用建筑、自动化仪表等项目的设计和安装。既然，他们有这么一支精良的队伍，怎么还会请我们去安装呢？得溢于我们有这种资质的技术。

静电除尘器，整个高度约30米，工程额为83.7万元，是广钢承包给我们的一项较大的工程，也是铀厂首次承接这样较大的外包业务。没有经验，全凭热情、信心、干劲和兢兢业业、一丝不苟的精神。副经理林承富外出办事、联系工作，穿戴整齐，加上体魄魁梧，一副"福相"，很有"首长派头"。可回到工作现场，换上工作服、安全帽，却又是典型的一线工人了。

要说狼狈，我们这次广州之行是够狼狈的了。我没有跟厂领导出过差，不知情况如何，当然不便杜撰。但此次与王怀琳同行，却备尝旅途的艰辛了。往往为了某家旅店住宿费过高，讨价还价。我们害怕回厂报销不了，不惜提着大包小包，奔忙于各客店之间。乘车亦是如此。那红色的"的士"，穿流如织，我们自量"标准"不敢问津，坐专车线，似乎也嫌贵了一点。只有公共汽车，是我们理想的"坐骑"。然而公共汽车，是要转站头的。我们十一时半离开沙河，下午一时半向广钢进发，中间转站、问路、等车，到达广钢时，已是下午五点多了。所幸的是，到达目的地，就被同志们的笑脸和热情把全部的疲劳、烦恼赶跑了。工段长谢金田十分亲切、热情，领我们参观他们的住宿，介绍生活情况。他说，都讲广州生活高、东西贵，一点儿不假。我们就自己开火煮饭吃，吃得好，还不贵。中、晚餐的菜，不是鱼肉，就是鸡鸭。比家里吃得好，吃得都有点不想回家了。

谢金田的话丝毫不夸张，当晚我们即在那里就餐，吃的是炒鸡和豇豆蒸肉，外加一个青菜。

鸡肉鲜嫩味美，是袁龙师傅掌锅做的，料好，手艺不错。后来我又试问了一个仅一年零三个月工龄的青工，这里的伙食怎么样呢？

他回答："起码要好一百倍。"

我又问："为什么？"

他回答："厂里是炊事员做的饭菜，这里是我们自己开的小锅。"我有点惊异，亦有所感，又有所悟。

工地上三十多个人，没有一人以自办伙食不满意。提到吃喝，所有的人都兴高采烈，都能说出一点好的感受。难怪他们精神饱满，情绪高昂。好几位老师傅说，要不是伙食好，他们是很难坚持下去的，主观上愿意坚持下去，但身体也支持不了。

我问工地上年轻的副经理钟坚，看来吃得好大有学问啊！

钟副经理告诉我们，自办伙食也是逼出来的。初到广钢中搭伙，菜不合口味，每顿都是空心菜、黄瓜，钱花了，还吃不饱。有的老师傅病了，住进了医院，有的人爬梯子，双腿发软。这样下去，别说完成任务，只怕人都好不了。于是工地负责人商量，在征得甲方同意后，经他们帮忙解决，我们自己办起了临时食堂。

吃得好不假，但他们睡的条件的确委会艰苦。因为，住在厂区，每间房子里都塞满了十几个人，分上下两层，睡在用竹子搭起来的简易床铺上。这一下子，让我想起了衡阳铀厂的第一代创业人，他们当时睡是就是这种筒子铺，竹架板很长，不止两米，草席只盖了多半，外面露出了一节竹板。

钟副经理笑了笑说，睡的就是这个样子，冒得办法。

我随声答道,是的,在家千日好,出外时时难。

钟副经理,又补了一句,冲凉全是冷水。

我说,外面的钱不好赚啊!拍一张照片让家里人看看。

晚上,我们坐在院子里休息,衣背上都要落满厚厚的一层灰尘。电工刘建华对我说的第一句话就是:"这里最不好的是空气,最好的是厕所。"我以为他说笑话,殊不知他却很有见地的概括了他们的生活环境。

第二天,我们来到工地采访。只见三百米远的北面,黄尘滚滚、遮天蔽日,站在地当中,不要半小时,眉毛头发都是黄的。这是广钢废铁处理工场。南面,仅五十米距离,两座高炉,吞云吐雾,煤烟呛人。

我在静电除尘器的塔梯下面,看见了三个笼子养的几只鸽子;又在工地值班房里,看见了笼养的一个虎皮鹦鹉。我好生纳闷,怎么把观赏禽类养到工地来了?一打听才知道,这是信号,有大用途的。因为,这里有严重为煤气,一旦中毒,人不能走了,便赶快打开笼门,放出鸽子、鹦鹉,发出警报求救信号。我们的同志就是在这样的环境中工作!

钟副经理说,这次出来,他感受最深的是自己得到了锻炼。这样大的工程,他是第一次主持,问题多,困难大,时间紧,任务重。但他乐观地告诉我们,只要认真对待,一切问题都可以解决。看来他们的工作进行很顺利,不要看枯燥的数字,只看四方跟他们的关系,就知道了。这种关系不是钱、物"买"来的,是靠他们的诚实与责任心换取的,偌大的广钢集团他们要的是工程的质量与进度。一句话,甲方对他们的工程质量和进度非常满意。他们为二七二厂打开了局面,争得了荣誉。因此,甲方也给予了他们许多方便。

那个时候,二七二厂处于大转民时期,所需要的钢材又是紧缺物资,钢板短缺,电石供应不上,少这缺那的,甲方统统给予援助解决,有些费用收的比厂里还低。

远离单位和亲人,是有许多意想不到的难处。但钟坚却明确表了态:今后二七二厂要多承包一些大的工程,他和他的伙伴们愿意在外忙碌,经受锻炼和考验。使自己增见识，长才干。

安装工作从 7 月份开始，历时 4 个余月，至 12 月中旬完成了安装任务，为厂里上缴利润 20 多万元。

他们只是平凡人中的一员，是最美的劳动者，他们用实际行动表明了人生态度，能在陌生之地，开出温馨的生活之花，这也是他们用智慧，用才干争来的。

碱业帝国的突然倒塌

一个老牌的国有企业,市场经济使一部分人不思进取。二次创业,二七二厂在 14 年经营中,淡化了企业利润。由于决策过于理想化、浪漫化,缺乏对市场的了解,致使企业在转产过程中蒙受巨大经济损失。如:二万吨纯碱、硝钠、硝酸钾、肌醇、钼酸铵、广东沙河县农机厂、衡山氮肥厂、机械化一、二公司等多项民品,都随着市场经济改革的不断深入,而灰飞烟灭。

我骄傲,我曾经在化工分厂"两万吨纯碱"工作过,我干过最累的活,拿过最高的奖金。这是一位退休职工写的日记。

无独有偶,恰巧在我采访的时候,他拿出了他深爱的文字。

我还看到过一段感人的文字,只不过是一位在铀业工作近 40 年的退休工人写的:没有衰老的企业,只有衰老的人,企业可以通过改造而充满活力……

昔日在中国南方号称碱业帝国的二七二厂"两万吨纯碱",早已烟消云散,随清风而去。

有些故事,注定在一片花开的艳丽中,穿过红豆的叶脉,伸出坚韧而柔软的枝蔓,见证二七二厂,多难兴业。我们把它称之为——红尘良缘。只是缘分太浅、太短。

二七二厂从 1984 年开始转民,至 2009 年分立破产,长达 25 年的"二次创业"中,我们难忘初期的阵痛,交足了学费,从"摸着石头过河",最终选择了走化工冶金这条大道,付出了多少艰辛,日子记得,历史纪录了一切。

1985年铀厂决定兴建施莱辛法年产5000吨纯碱生产线。工厂上此项目的目的,除考虑到该工程规模不大、工艺简单、当地盐卤资源丰富、容易上马、见效较快外,更重要的是为日后兴建氨碱法年产20000吨纯碱生产线在技术上、管理上打下基础。

1986年1月3日二七二厂组建了化工分厂,具体负责纯碱的生产经营工作。该生产线于1986年6月15日开工建设,当年12月联动试车,12月29日带料试生产,12月31生产出中间产品——重碱。经试生产发现过滤机、煅烧炉、斜纹笼等主要设备存在问题,遂采取边试车边改进边维修的办法,逐步打通工艺关。直至1990年经过改进卤水精制工艺,攻克了水不溶物超标难关,产品质量合格率突破了"零"的纪录,消耗也都达到设计指标。这是二七二厂自己立项、自己设计、自筹资金、自己施工的项目。除利用部分军品闲置设备、厂房外,新增投资114.6629万元。此项目因规模太小,产品附加值太低,市场上没有竞争力,5000吨纯碱于1990年底停产。

1986年两万吨纯碱工程得到了中核集团批复……我们来读1987年《厂报》的元旦社论:建成两万吨纯碱工程是关系到铀厂信誉和今后各种民品立项的大事。全厂上下,要全力以赴,精心准备,精心施工,高速度高质量地完成任务,为今后民品大项目的建设提供好的经验。

这一年研究所锑白工程带料试车成功,生产出第一批锑白产品。这一年五千吨钛白粉工程正式立项。为了在年内建成两万吨纯碱工程全厂支援,从土建开始,到设备安装,铀分厂、建安公司等单位组建了突击队,铀厂可算争分夺秒加快转民步伐。从此,一大批党员干部朝饮露,夕披岚,昼迎风,夜阻雨,不屈不挠,顽强拼搏在"二次创业"工作现场。

兴建年产20000万吨纯碱生产线,属于国家"七五"计划期间的军转民重点技术改造项目,也是工厂转民重点项目之一。该工程由湖南省化工设计院设计,于1987年1月1日破土动工,1988年6月基本建成,同年7月24日全线带料试生产,27日生产出首批产品。经过半年带料试生产初步证明,生产线工艺流程和工程能力的设计基本合理,但用卤水直接制碱(除硝工艺未上)在我国制碱行业尚属首例,造成蒸氨塔残液管道经常结垢堵塞,严重影响正常开车,再加上充分考虑利用旧设备,形成灰乳、窑气输送距离甚远(800米)以及设备选型杂、不配套等"先天不足"问题,致使试生产工艺不稳定,产量、质量、成本、消耗等指标均未达到设计水平。

1989年工厂认真分析氨碱生产工艺方面存在的问题,积极寻找解决办法。决定利用现有设备进行卤水除硝工业试验,并对试生产中暴露的18个技术难题在全厂进行技术招标,组织技术攻关。与此同时,从机关处室抽出13名处室领导和27名机关干部组成协调服务组,由一名副厂长带队,深入车间、班组调查研究,协助化工分厂解决生产过程中工艺、设备、管理和思想问题。期间,工厂还组织了一支由7人组成的检修小分队,突击检修一个月,帮助化工分厂解决了设备方面的一系列实际问题。在此基础上,氨碱车间又对157项设备问题和以卤水除硝工业试验为重点的32项工艺问题进行整改,摸索出以碳化为中心工艺的管理方法,使纯碱产量和质量都有大幅度提高。从1990年4月起,平均日产22.86吨,氨碱开始实现均衡稳定生产。

据来自1991年的《厂报》报道,化工分厂属于国家第一批军转民技术改造项目,已经搞了三年了,在这三年中,承受了高强度、满负荷、多层次的劳动和工作,建立一套无机化工生产技术操作规范和科学管理制度,同时要担负起逐年加重的偿还贷款和付息的经济重压。

总共投进了1100多万元,由于种种原因,生产至今上不去,产品质量不好,成本高,1989年积压纯碱1600多吨,造成资金积压200多万元。

当时采取的措施是:首先稳住盐碱车间,整治石灰车间,集中力量猛攻氨碱车间。

当时,化工分厂要把生产促上去难度很大:一是设计的先天不足,如石灰乳管线长,输送困难,容易堵塞。还有除硝问题,化盐系统的改造、碳化配气等绪多问题。就是这样一个有问题的分厂,领导被赶鸭子上架,推着走啊!二是开车两年了生产一直不正常,职工又没有很好地培训,人员劳动素质跟生产的连续性不相适应,从干部到职工还不同程度地存在畏难情绪;加上市场疲软、价格下跌、销售困难。诸多矛盾、压力很大。因此,二七二厂有针对性地开展"一条龙竞赛"活动(这是1990年3月24日厂报报道)。

3月27日下午,"一条龙竞赛"暨氨碱车间开车动员大会在职工乐园隆重召开。一条十分壮观的大横幅:"卧薪尝胆,齐心协力攻难关;破釜沉舟,冲出低谷迎曙光。"悬挂于会场中心。

"一条龙竞赛"负责人、总经济师方熊飞首先发言。他指出,开展以化工分厂为主体全厂单位参加的,"一条龙竞赛"活动,目的是"以供产销",以创利税200万元至300万元。之后,宣传部门的报纸、广播配合铀厂的号召,开辟专栏:"企业有困难,我们怎么办"大讨论。

当时,《厂报》还列举了五大困难:

一是军品经济效益滑坡。

二是民品效益低。一些短平快的小项目如钼酸胺虽然取得了一定的经济效益,但一些大的工程如二万吨纯碱自生产之日就一直在亏损。究其根源,有国家大气候的影响,也有企业小环境的作用,既有客观因素,也有主要原因。总的来说,铀厂的转民生产尚未摆脱高投入、低产出的局面。

三是管理体制尚不健全。企业管理基础工作不扎实,有些地方、有些事情无章可循,有的制度、标准形同虚设,执行力差;检查考核不严,缺乏严肃性和权威性,流于形式。

四是铀厂资金短缺,而且是缺口很大。军品技术改造、大修理资金不足,钛白工程因资金亏空,在预定的投资期内没能完成全部投资。职工的福利费用缺口很大,无力解决众多职工的住房问题。总之,企业出现了财政赤字。

五是企业有一定程度的精神"疲软"症。这是二七二厂当时最大的困难,也是最难对付的困难。职工作为企业主人翁,理应有强烈的"责任感和事业心"应该具有"厂兴我荣,厂衰我耻"的荣辱观。可是,少数职工被眼前的困难吓倒了,散布悲观论,说"二七二厂快不行了!"部分职工冷眼旁观,流露出"与我无关"的心态。更有甚者,极少数职工采取按酬付劳或者消极怠工的方式宣泄不满情绪。总体认为,二七二家大业大,瘦死的骆驼比马大,国家不会不管的(1990年4月21日厂报)。

当时,气候与环境就是这个样子的,怎么能够促使企业向前发展呢?

1990年9月份,二七二厂纯碱对外发出车皮28车,1400余吨,分别发往订约单位南宁、韶关、湘潭、新邵、怀化、桂林等玻璃厂。售后情况不能令人满意,多家客户因质量、价格、停产检修、纷纷要求停发。可见当时的纯碱销售情况多么严峻。不然《厂报》不会报道的(因为厂报是对外交流的窗口,包括向部、局送发。)我总结一下,销售四难:推销难、发运难、售后难、收款难。

纯碱的质量问题,已不是第一次提出,虽然牵涉到管理、工艺流程、先进的设备、运用人员素质等方方面面的问题,归根结底还是人员的综合管理问题。

"一条龙"办供销处、化工分厂在仓库验收了编织袋纯碱581包,抽查中10包,发现有6包不足50公斤。论说产品包装实实在在是一件简单的事,但不负责任的做法,短斤小俩的行为,却造成了不良的后果,影响了产品的信誉。

如:1990年10月氨碱开车21天,不合格率占23.19?%,盐碱开车22天,不合格率高达74.19%。

这能怪领导吗?即使领导有三头六臂,也管不过来啊!二七二厂多好的企业,有多少人为之付出了辛劳,就这样被小数不负责的职工给毁了。

有人说:此时,二七二厂已经有了大型国企的通病,自大、骄傲。

1997年两万吨碱厂的问题已逐渐浮出水面,而且,一爆发就不可收拾。

我们来看1997年上半年经济活动分析会:化工分厂纯碱元月份生产

1132.6吨产品,二月份纯碱全线停车。至此,1-6月份亏损133.8万元,比去年同期减亏162.9万元。还有一些冠冕堂皇的原因是什么。主要支付一些固定费用管理费、人员工资等。化工分厂预计全年亏损369万,比上年减亏362万元,简而言之:化工分厂1996年亏损高达730万元。化工分厂全体职工548名,相当于1人亏损了13321元。当时的人均月工资不足1000元。

回忆过去,虽然有点痛,有点伤。我们总能从记忆里找到一些鲜活的东西,不管过去多少年,它也不酶不变,味道犹如陈年老酒。失败不可怕,怕的是失败了,有没有受到教训?!

2005年,二七二厂职工平均年工资收入为1.53万元,2006年底达到了1.76万元,年度增幅为2300元/人,2007年底超过了2万元,两年工资增幅达40%以上。

二七二厂从1990年至1998年,近十年,职工没有涨过工资,生活水平是下降的。写到这里,都感到痛心。

纯碱产品过去是工业生产的"宠儿""皇帝的女儿不愁嫁"。1989年底,市场开始疲软,供销处是想方设法开拓市场。由于受国家治理大气候的影响,一批新的碱厂投产,一方面产量增加,另一方面用量减少,造成部分地区销售疲软价格下滑。我厂的纯碱成本高,缺乏竞争力,由于湖北应城碱大量倾销,冲击湖南市场,部分地区被他占领。

其主要原因,还是二七二厂纯碱的质量不过关,有的碱呈黑灰色,内含颗粒状物、烧失量等,有一项或几项不合格造成扯皮,降价也无人问津,甚至断了销路。

供销处的销售策略是:稳固湖南,打进两广,挤进云贵、赣,充分发挥地理优势,以价格随行就市,做好销售服务。销售人员按地区分片包干,超销有奖,通过上门推销,参与各种订货会,走访用户、找老朋友帮忙,找代销或经销商,付给1-3%的销售费用或让利经销等办法。

1990年初库存1827吨产品(含次品160吨),1-9月共生产纯碱

4640.69 吨，销售 4693.74 吨。9 月底库存纯碱 1774 吨，外单位欠货款 4708703.19 元。

人们一定会问我，为什么要列出这些数字呢？这些数字很关键，企业的好与坏，看数据就知道。

库存的纯碱和 1~9 月份的纯碱的卖出去了，同志们啊，是怎么卖的呢？

当时平均销售价格 1100 元/吨，市场价格是 1000~1050 元/吨，销售人员有功吧！比市场价还要卖得高些。1~9 月共生产纯碱 4640.69 吨，销售 4693.74 吨，当年生产的纯碱卖完了，还多卖了 53 吨，货款回笼为"零"，这可是有大学问的（不说不知道，一写吓一跳）。

1991 年纯碱市场继续疲软，10 月份库存已达 2100 吨，到 11 月份供销处的领导出马，广开门路，扩大新用户，纯碱库存量降到 1300 吨。同志们，问题出来了吗？碱是销 800 吨，货款回笼呢？只字不提。

没有人能救得了碱厂，促使碱业帝国倒塌的主要原因，而握住命运喉咙的两大杀手：一是质量，二是销售。

今天，我们回顾历史，只能告诉人们一个最基本的道理，办企业效益至关重要，没有效益的企业就没有存在的必要。

《二七二厂简史》结论：年产两万吨纯碱工程自投产以来，除 1993 年、1994 年获利外，其他年份均属亏损。由于规模太小，市场竞争力弱，且设备损耗严重，更新改造费用高，若上马除硝工程又将大幅增加投资和生产成本，经工厂反复分析研究，认为扭亏无望，决定于 1997 年 2 月关闭停产。

笔者认为：该工程自投产以来，共生产纯碱 86148.35 吨。最大的贡献是，一段时期安置了富余人员 400 余人。

事隔 30 多年，一些人与事是经不起历史考验的。所谓：尽人事，听天命，我看并非如此啊！我们的企业从来都不缺埋头苦干的人，我们缺少的是有责任有担当的好领导，企业的兴衰关键在中层……我不对任何人进行评价，历史是公正的，所有经历过那个时代变迁的二七二人，他们的心中自有一杆秤。

铀城忘不了你

1986 年 11 月,衡阳铀厂进行机构改革,成立了铀分厂和化工分厂、钛白分厂等分厂。1995 年 9 月水冶生产线全面关停之后,铀分厂解体,原四个车间保留了三车间和八车间(1996 年 3 月成立纯化厂);一车间和二车间人员进行了分流,一部分人留在军品,一部分人转入民品。

有人问:铀业人为什么要豁出命干呢? 为了保住二七二厂的饭碗,为了巩固军品地位,为了让更多的人了解铀分厂,让我们一道走进那一个急流喘涌的年代。

在忙忙乱乱中前进

最明快的莫过于,一年一度的芳草绿,莫过于倾听年轮的呼吸。

年头岁尾,人们在展望新的一年的时候,总要回过头来凝视一下走过的路程。步子是快还是慢? 这一年是一帆风顺,还是坑坑洼洼? 对于经历过的一切,不管是跃马扬鞭,还是风雨兼程,那都作为美好岁月,长存在记忆里了。大家关心的工作成绩自然是——效益。

1986 年 11 月,衡阳铀厂进 行机构改革,成立了化工分厂和铀分厂,铀分厂下属四个车间,即:一车间、二车间、三车间和八车间,工人将近 1000

人。严学财同志任铀分厂厂长,刘宛平同志任分党委书记。一日,《厂报》派我去铀分厂采访。当时,转民声势在衡阳铀厂日溢高涨,人们向往着市场经济,向往着多劳多得,按劳取酬的分配方式。

铀分厂成立之初,据说,许多职工排着队去找厂长严学才,要求"放行",他们要去化工分厂,这大概是一种替意识的反应,人们总是对新生的事物产生莫大的兴趣,误认为铀分厂的情况不好了,却没有想到铀分厂是全厂几个效益好的单位之一。

走进铀分厂办公室,当时的印象是:一片忙乱。人心思离,仿佛要调走的都是"能人",留下的都是"不行"。

当我问及分党委书记刘宛平时,他的摇头多于笑声。

一年多过去了,铀分厂竟成了衡阳铀厂效益较好的单位,这引起了我极大的兴趣,决定再次去铀分厂采访。

我与刘宛平书记很熟,原本我就是一车间电工段出来的。每次回铀分厂,刘书记都要跟我开玩笑:"小何,回娘家了。"

1986 年 12 月 19 日下午,在厂里成立棋牌协会的会上,我遇见了刘宛平书记。这位身处生产一线的总支书记,竟有如此雅兴。

列宁说,不会休息的人,就不会工作。

刘宛平涉足棋牌,说明刘书记会工作、懂生活,没有被繁杂的事物压得抬不起头,能够做到余勇可剩,劳逸结合,陶冶性情。我高兴地把自己的想法告诉他,他没有什么异议,平静而自信地说:"我们做了一点工作。"

1987 年 12 月 21 日这一天,我邀约了刘书记和严厂长,就他们"做了一点工作"的议题进行了较详细的采访。

铀分厂成立于 1986 年 11 月,1987 年元月建立了党总支。他们对新成立的分厂总结了三条,叫做:"一新二多三不协调。"

一新:新机构、新班子、新工作。分厂四位主要领导,有三个是改行的,他们原来大都负责专业性很强的技术领导工作。

二多：老职工多，病号多，长期病号 50 多人，精神病患者 12 人；因而老毛病多，"半边户"多，困难户多；老设备多。

三不协调：大家对新成立的机构不习惯，有的不赞成成立分厂，有的希望铀分厂早点解散，许多人想调出分厂。管理人员觉得职工多、摊子大，问题成堆，工作难做；职工觉得军品生产、任务重、四班倒，很辛苦，可待遇又跟别的单位一样，有的甚至还不如别的单位，干下去也没有什么前途，没油水，没想头……所以上上下下、左左右右，都存在协调的问题。

铀分厂的党政一班人，他们在这重重困难、纷繁复杂的事务面前，没有徘徊观望，没有裹足不前，没有唉声叹气，而是坚强勇敢地挺立起来，认真做好每一件工作，切实解决大大小小的问题。他们思想很明确，万事头为首，首先抓领导班子的自身建设，党员干部以身作则，起模范表率作用；抓团结，每会必讲团结。

铀分厂班子的团结，可以说是"铁板一块。"在当时的衡阳铀厂堪称典范。比如：总支书记刘宛平外去学习一个月，工会主席旷东林便主动地顶替上来，积极抓好分党委的各项工作。上午，厂长严学才在厂区处理生产中的问题，下午，在分厂办公室你必定看得到他的身影。用刘书记的话说："你别看严学才是厂长，他做思想政治工作很有一套，职工找老严个别谈心的人/次数最多。"

不了解严学才的人，总觉得他一脸的严肃神情，是一个不好说话的领导。在我的印象中，严厂长为人和蔼、慈善，每次见到我，都会跟我开玩笑，问我近期创作了什么好的作品没有？生活怎么样？

严学财工作沉稳，严谨细致，遇到问题，深思熟虑；刘宛平具有广东人那种特有的豪爽利落，工作起来不但有很大的耐性韧劲，而且还有令人赞叹的爆发力，他们配合默锲，相得益彰，成了一对很好的搭档。

为了使分厂的生产搞上去，他们采取了各种措施，制订有效的规章制度。在这里，我不赘言。仅从铀分厂领导班子的亲密团结这一点，便可以说明他们工作的成效和取得这些成效的最重要的原因。

我给大家举一个例子：

1987年春节，厂里原来决定放假给辛苦了一年的职工过一个团聚祥和的春节。直至元月25日，农历已是十二月二十六日了，仍然是这个意思没有变。可是到了26日，铀厂突然接到上级的通知：1987年春节要开车。

铀分厂领导班子一下子傻眼了。工人们都放假回家过春节去了，这怎么办呢？严学才与刘宛平带着四个车间主任，到单身楼走了一圈，统计一下人数，整个铀分厂留在厂里的单身职工只有23人，全分厂在厂里的人数不到四分之一。人都分散到了天南地北，哪里还能集中！

可是，必须开车，这是命令，没有讨价还价的余利，更不可以以此为借口推脱的。

这是铀分厂成立后遇到的最大的难题，也是对他们的一次严格的考验。

严、刘二位告诉我，他们当时没有考虑那么多，只考虑到既然要开车，那就坚决执行。于是他们几个领导，分头找人，一个一个动员、做工作。他们当机立断地作出决定，在少量的集体储存金额里，抽出一部分钱，办了三桌团年饭，在年三十请大家聚餐。

在那数天紧张的日子里，人家都忙着准备春节物资，他们却顾不上，办公室的职能人员全体 出动，上衡阳去采购聚餐的菜肴。

在聚餐的桌上，有的老工人兴奋、激动得流着眼泪说，说："这是30年来的第一次。"

刘宛平说："大过年的，把你们留下来，我们很过意不过，一杯水酒，略表心意！"

工人和领导的心在餐桌上得到沟通，近了，贴到了一起。他们组织了三个突击队，分片包干。老工人一天上两到三个班，保证了顺利开车、安全生产。

在我采访结束时，严厂长主动送我到铀分厂的大门口，一再嘱咐："小何，请反映得客观一些。"并做着手势，意思不要拔高。

刘宛平书记却补了一句："我了解小何，相信你会如实报道的。"

分别后，我深感严厂长和刘书记求实严谨的工作作风。文贵在朴实，是什么样就写成怎么样，让读者去品味它的价值，领悟内在的含义。难怪他们在计算效益的时候，连酸罐里的沉淀物、球磨机里的钢球损耗，全都很认真地计算、除开了。所以他们上报的那些数字，都是实打实的，没有多少"水份"的。

1987年，铀分厂回收金属12吨多，可以说是建厂以来，清理烟道、地沟最彻底的一次。以往讲的回收率，只是纸上一笔数字，而这次他们却把这些数字变成实物，单是这一项就有好几百万元。然而，刘宛平书记告诉我，他们并没有算入效益之内。

1988年，衡阳铀厂"八氧化三铀"产品获得了国家金质奖，并为国家创汇三亿美元。

多年之后，我深受二位领导的影响，一直保值严谨求实的工作作风，在人生历程中，总是被他们那种积极乐观、直面人生的态度所感动。晚年时，我们三人又碰到了一起，2007年，我们为厂里续写《厂史》时，二位已过甲子之年，但依然身体硬朗。严学财后来当了二七二厂副厂长，刘宛平干到了厂组织部长退休。

两人老领导风趣地问："小何，你后来去了哪里？听说，好长一段时间都在下面倒班啊，怎么没有来找我们呢？"

我说："从机关到基层，上上下下填满了人生的履历，一生中与许多大的领导共过事，从来没有想走捷径。父亲干了一辈子钳工，退休时对我说，我把'铁饭碗'交给你了，人生的路，靠你自己走，我在厂几十年，从来没有麻烦领导，要勤勤恳恳做事，清清白白做人，是金子总会发光的。"

我不是什么金子，但我对党是忠诚的，对企业是热爱的，对领导是感恩的，自己这一生的命运是跟企业的命运联在一起的，都是在在忙忙乱乱中前进！

第 *3* 部分

固本强基

魅力铀城
MEI LI YOU CHENG

继唐太宗的贞观之治,唐玄宗的开元盛世已是登峰造极,成为中国历史上最辉煌的一页。但天宝年间的安史之乱却使之由盛转衰,为什么盛也玄宗、衰也玄宗?

"物壮则老"是老子的至理名言。这恰恰说明:"盛、衰、强、弱、大、小"之间不是一成不变,是可以转换的。筑起二七二厂这座大厦的基石,是核电"二氧化铀"的诞生和进入全国十强的钛白粉生产线。

衡阳纳税大户——天友公司

　　衡阳天友化工有限公司(简称天友化工)是中核集团公司所属的大型化工企业,其生产的"天友"钛白粉是湖南名牌产品。天友化工的钛白粉是衡阳铀厂的支柱民品,于上世纪90年代建设,曾列入中核集团公司重点监控和支持项目,当时的设计能力为年产5000吨,后经过两次改造,钛白粉的生产能力达到了年产25000吨,2005年11月15日顺利实现达产达标,天友化工一跃成为行业内最具潜力的企业之一,在规模并不占优势的情况下,创造了令同行们羡慕的业绩。天友化工究竟凭借着什么实现了快速成长?笔者今日给大家揭晓答案。

　　在钛白粉生产线上,天友化工的员工们总是在一路小跑。

　　他们在生产线上的时间一直都是以秒来计算的。全国"五一"劳动奖章获得者、天友化工金红石钛白粉生产车间主任王华说,"现在公司钛白产品产量平均每天达到60吨左右,这意味着每天都有近80万元入账。"

　　天友化工这条生线应该是国内最繁忙的钛白粉生产线之一,得到了世界知名化工集团芬兰凯米拉公司月供500吨产品的订单,并在短短5个月中创造利润达950多万元,平均每吨金红石钛白粉的利润达到2000元。凭借骄人的业绩,天友化工迅速上升到国内同行第八的位置,成为国内70余家钛白企业中的明星企业。

营销降耗提升利润空间

相对于每吨 1500 元的行业平均利润，天友化工的业绩让同行们羡慕不已。二七二厂厂长、天友化工董事长王爱民认为，这利益于天友化工注重市场营销和千方百计降低成本策略的实施。

有"工业味精"之称的钛白粉是一种国际贸易量很大的商品，已广泛应用于涂料、建筑、食品、日用消费品等诸多行业。

2005 年，钛白粉的国内消耗量超过 70 万吨，达到历史最高水平。而每年还在以 15% 的速度递增，虽然我国钛白产品的价格和需求持续走高，但由于钛白生产属于高能耗、高污染产业，因此，企业成本一直居高不下，而天友化工却发现，一方面，由于规模小，我国的钛白粉企业单个市场份额占有率都比较低；另一方面，企业在节约能耗、降低成本方面存在巨大的空间。他们认为，只要在降低成本的基础上，实行合适的市场战略，天友化工就可以在市场上大有作为。

正是基于这种认识，天友化工在达产达标之后，就迅速把营销目标锁定在了大客户身上，并组织力量积极拜访客户，调查用户需求，进一步巩固和扩大营销网络。"争取到一个有影响力的大客户就等于拥有了这个行业的通行证。"二七二厂副厂长、天友化工总经理张德华介绍说："加上我们实施比市场价格低 200 元~600 元的低价入市策略，使天友化工很快占用了华南、华东以及海外市场的一些份额。"而支撑天友化工进行低价入市的关键是不断降低的生产成本。为了加大成本控制力度，公司从内部管理入手，在 2006 年开始了一场降耗节能活动。如今天友化工已经建立了现金预算控制体系等几大成本控制体系并把降耗指标层层分解，落实到每个车间的每位员工上……这样的做法使天友化工每吨产品的成本降低了 700 元左右。

"我们的目标是做国内同行业成本控制最好的企业。"正在为每吨产品再降100公斤生产用水而拒绝的王爱民表示，"对内，公司是一个好管家；对外，公司是一个好卖家。这样天友化工就能创造更多的利润。"

环保资源步步领先

对于所取的成绩，天友化工副总经理胡飞跃却认为在一路看涨的国内钛白市场中，天友化工无论是规模还是效益都处于中游水平。如何进一步提高生产规模和经济效益，跻身行业一线行列，才是公司关注的首要问题。

钛白生产是高能耗、高污染、属于国家限制进入的行业。目前，国内70多家企业中大部分都没有进行保护处置。在2006年初，国家环保总局公布17家环境保护重点违规企业中，钛白企业就占了3家，因此，环保将是未来国内钛白行业生存的关键因素之一。另外，钛白产品的前端钛精矿的紧俏和

王爱民厂长（右一）到现场了解废水处理情况

稀缺也成为制约该行业发展的又一重要因素。国内专家这样预测，谁解决了环保和资源这两个瓶颈，谁就拥有了可持续发展的领先优势。

面对于制约钛白企业发展的这两个关键，天友化工已经有了应对之策。天友化工采用的硫酸生产法在生产过程中，会产生大量硫酸和铁含量较高的废水、废料和废渣。秉乘着"做一个优秀企业公民"的理念，天友化工建成了硫酸亚铁、硫磺制酸和废酸浓缩等生产线，不仅成为国内同行业第一家全部废水完全处理并合格排放的单位，而且还拥有了完整的循环经济产业链。

这种做法获得了国内外同行的一致认可。"天友化工变废为宝生产聚合硫酸铁等产品已经打开了市场，并占据了市场的有利位置。而同是采用硫酸生产法的芬兰凯米拉公司甚至表示要和我们在环保技术上进行交流合作。"据天友公司总经理张德华透露，并不满足于现状的天友化工已经联合国内外厂商，采用合作和技术交流等方式，对生产钛白产品所产生的"垃圾"七水硫酸亚铁、废酸等进行深加工，生产一水硫酸亚铁、铁红、铁黑等，增加附加值，变废为宝，形成良好效益。

进入二七二厂厂区的天友化工，看到的钛白产生的污水都经过认真的处理以后才进行外排，工厂周围绿草茸茸、树木林立……

在二七二厂生活了几十年的张德华欣慰地说："前段时间，环保部、湖南省环保厅对天友化工进行测评后认为，天友化工外排的废水符合国家标准。"

而对于紧俏的钛矿资源，天友化工已在云南和海南建立自己的钛矿基地，并在今后国内原材料上涨的情况下，积极引进澳大利亚等海外钛矿资源，这将满足天友化工对资源的需求，基本上解决了公司发展的后顾之忧。

特色规模成就绿色梦想

在 2005 年天友化工发展讨论会上，二七二厂厂长、天友化工董事长王爱民说："目前，国家化工生产力促进中心钛白粉中心作出预测，随着国内钛白需求量的猛增，国内钛白企业纷纷扩产，并开始整合；但我国钛白粉企业实力较小，产品品种单一且技术含量不高。对于钛白行业而言，单纯的扩大产量并不是唯一出路，只有在扩大规模的同时实现产品的品质升级和差异化转型，才是未来市场的主流。"

对于做强做大，钛白粉厂厂长胡飞跃这样解释："'强'指的是加快向金红石型和其他专用、精细、高档产品转化，生产特色化产品；'大'指的是规模化经营，进一步扩大产能。只有这样，天友化工才能摆脱从低层次制造的状况。"

事实上，天友化工的前几任厂长就一直在朝这两方面努力，从 2000 年开始，他们就相继研发出食品钛白、色母和塑料专用钛白、纳米钛白。其中食品色母、塑料钛白粉已经相继投入生产，并逐渐获得市场认可，取得了相对较高的经济效益，逐步形成了自己的系列品牌。天友化工总经理张德华认为："在实施特色化战略的同时，当务之急是要进行规模化经营。目前，钛白产能已有 25000 吨，在国内 70 多家企业中排名第八。要跻身成为一线企业，还要进行扩产。"

二七二和天友化工对未来做出了这样的描绘：天友化工将适应市场需求，竭力发展高端产品，在"十一五"期间再建一条年产 15000 吨金红石钛白粉生产线，最终形成年产 60000 能力，加上聚合硫酸铁等产品，销售收入翻两倍，达到 8 亿元，实现利税 8500 万元，力争进入国内钛白粉行业前五名；到 2020 年，使生产能力达到年产 12 万吨，成为我国钛白粉生产三甲之列。

天时不如地利，地利不如人和。建设一支凝聚力和战斗力的和谐团队，是企业生存与发展的必要条件。

畅想未来，王爱民说："依靠特色化战略和规模化经营，天友化工将巩固华南、华东市场，发展华北市场，进军欧盟、北美、东南亚、中东等国际市场，成为国内钛白粉行业龙头，形成享誉国内外的知名品牌，最终成为一个卓越的企业。"

庆幸的是,天友化工厉兵秣马,越隘闯关,用 21 年时间打造成巨型航母,2009 年企业"分立破产"时将优质资产钛白粉厂(含生化分厂)资产总额近十亿划转给中盐集团,完成了历史使命。

当年,天友化工向衡阳市纳税达到 2000 万元,成为衡阳十大纳税大户之一。

时过境迁,沧海桑田,但钛白已随清风去,那昔日的辉煌早已存入二七二人的记忆档案。"天友化工"毕竟是二次创业中的民品航母。我们怀念这片土地上为之奋斗的不屈的灵魂。

怀念——是因为我们还有记忆,记忆中有馨香。

打造第一家钛白企业

据《二七二厂报》报道：2006 年 1 月 22 日，二七二厂所属的天友公司化工废酸浓缩装置带料试车一次成功，昔日需要花大代价治理的废酸，从相关装置里流出后就成了急需的化工原料。为此，天友公司副经理胡飞跃毫不掩饰自己的喜悦对记者说："我们'三废'治理具备了一定的规模和能力，基本形成了内部和谐产业链。今后，天友化工将善始善终秉承'坚持健康可持续发展，构建和谐企业'的发展宗旨。"

为了肩负起环保重任，二七二厂经历三年限产的阵痛，耗资 4600 万元来解决民品钛白生产中的"三废"（废水、废渣、废酸）治理难题。如今，国内完全攻克"三废"难题的第一家钛白企业在核工业诞生。

第一套国产化废酸浓缩装置试车成功

"喜报！废酸浓缩成功了！"当一阵阵喜悦的欢呼声传到二七二厂厂长周华春耳中时，他正在办公室里接受我的采访。

"成功了。"他噌地一下站起来，掐灭烟头对我说："走，我们一起去看看，这是大事！"

从厂调度楼下来，劈劈啪啪的鞭炮声中，我看到有十几个工人脸上挂满了

废酸浓缩生产线

笑容,大红喜报分外耀眼,周华春厂长和李昆明书记快步上前接过工人手中的喜报板,乐得嘴角都合不拢了。二人情不自禁地说道:"辛苦了,辛苦了……"

这份喜悦对于二七二人来说等得太久了。

这是二七二厂自主研发的我国第一套国产化废酸浓缩装置,有了它,天友化工的"三废"排放就能彻底消除。至此,"变废为宝"在二七二厂不再是梦想。

事实上,在过去的几年里,天友化工在解决这些大问题上是卓有成效的。

我问天友公司副经理胡飞跃:"第一套国产废酸浓缩装置试车成功,企业有哪些受益呢?"

胡飞跃说:"一、二期废水处理试车成功后,基本上能满足钛白粉生产过程中的废水处理。为了这套装置,我们投资了2000多万元,建成了一个废酸浓缩项目,将浓缩后的废酸制成硫酸,再利用到钛白粉的生产中。对硫酸亚铁,我们又投资了1400万元兴建了一条生产12000吨的聚合硫酸铁生产线,每年可处理硫酸亚铁24000吨。把硫酸亚铁处理好,我们既增加了经济上的附加值,废水处理的成本也降价了,提高了企业的经济效益,形成了和谐产业链。"

钛白粉属于精细化工产品,生产过程中会产生大量的废硫酸,既需要花费大量的资金进行处理,又极易造成环境污染,因而严重制约企业的发展。

二七二厂副书记李冀平介绍:"这套国产化废酸浓缩装置具有两大技术

优势。一是完全自主研发;二是循环利用效率高。"

化工分厂厂长刘孝平补充说:"目前,除二七二厂外国内进行废酸浓缩还有两家企业,其中一家使用的是从国外进口的装置,另一家正在研发但尚未成功。我厂研发成功的废酸浓缩生产线完全采用国内技术建造。"周华春对刘孝平的话表示赞赏,他自豪地说:"为了寻找一条解决废酸处理的最佳办法,化工分厂攻克了包括技术路线、高温酸蒸气 输送管道材料选择等诸多难题。这套装置设计严格遵循先进、适用、可靠、经济、节能、环保的原则,可处理现有钛白粉生产过程中排放的废酸,并预留了护展的空间。"

突破"三废"瓶颈制约

在废酸浓缩岗位上,一位老专家向我介绍:"废酸浓缩需要的热量来源是利用钛白生产回转窑生产的高温尾气和硫磺制酸产生的高温蒸汽,浓缩后的酸中混杂的亚铁过滤出来后,可送去做生产原料,过程中产生的部分热水和蒸汽通过专用管道作为供热,领先出来的净水将用于钛白生产。"我边走边看,从整套装置我外排的只有淡得几乎看不见的少量气体和一些干净的热水,而且这套装置工人只需在操作室里控制,自动化程度较高。

废酸浓缩的成功,意味着二七二厂在实施"钛白粉三废治理及回收利用综合工程"中迈过了最难的一道坎儿。

作为二七二厂主导民品钛白粉经多年技改, 产能已从最初的每年5000吨提升到2.5万吨。虽然产销两旺;但严峻的环保压力始终是二七二人心中挥之不去的阴影。

"钛白粉年产量达到2.5万吨时,将产生酸性废水550万立方米,含20%左右硫酸的废酸18万吨,回转窑尾气4亿立方米,废渣硫酸亚铁9万吨。"主抓生产的二七二副厂长谢凌峰认为,"首先,作为核工业的大厂,我们必须负起环保的责任;其次,从长远来看,我们未来扩产的钛白生产远远不止2.5

万吨的年生产能力,随着国家对环保的重视程度越来越高,'三废'不除二七二厂就只能止步于此。"

从 2003 年起,二七二厂就开始实施钛白三废治理及回收利用综合工程,计划总投资 1.2 亿元,包括"钛白粉废酸与尾气治理及回收利用""应用电石废渣治理钛白粉酸性废水""以钛白副产品亚铁生产聚合硫酸铁净化剂产品"等项目,打造一条解决污染、回收利用副资源的"循环链"。谢凌峰表示:"目前工程进展顺利。预计该工程 2008 年内全部完工,届时不仅能够解决钛白粉'三废'环保问题,还可以通过回收利用每年新增产值 8600 万元,利润 1400 万元。"

扩产三万吨"绿色"钛白新线

按照二七二厂的规划,一旦"钛白粉三废治理及回收利用综合工程"完成,制约民品钛白的"后端"将得到彻底解决,"十一五"期间就是大展宏图的时候。

周华春厂长说:"我们打算在 2007 年将现有的生产线扩到每年 3 万吨,同时在'十一五'期间投资 3.2 亿元新建一条年产 3 万吨的新生产线,目前我们正在向中核集团申报项目,力争在今年底动工。"

随着废酸浓缩的成功,二七二厂对新生产线立项的底气更足了,此前集团公司主管部门曾提出过环保方面的疑问。有了这条废水浓缩生产线,新建的 3 万吨钛白粉将完全是"绿色"的,各个环节废物都将得到回收利用,排放的是达标的废水。

企业扩张犹如高手对弈,要通盘考虑,在打通后端环保问题时,想到了前端和中端,为力求完美。主管生产的副厂长谢凌峰说:"在资源上,天友化工另辟蹊径。生产钛白粉需要大量的钛精矿、水、硫酸等原材料。目前,天友化工的矿源主要来自四川、云南、广西,各占三分之一左右。"

副书记李冀平信心十足地说:"谁控制了资源,谁就是强者。我们把钛白粉的生业链往前延伸,在云南、四川、海南等地我收购和建起了钛精矿原料生产基地。这样,循环经济的资源条件就基本解决了。"

周华春补充说:"新线建成之后,二七二厂的天友化工钛白粉产能将达到年产 6 万吨,实现年产值 7.5 亿元,年利税 7500 万元,进入全国钛白生产的前五名。"

基础改造铸就核优民强

令二七二人自豪的不仅仅是民品经济的高速发展。"作为一个建厂快 50 年的核品老厂,企业通过不断挖潜改造,同时积极引进国外先进技术,不断降低成本,提高效率,扩大生产规模。这两年我们的基础设施、厂容厂貌正在发生翻天覆地的变化。"谢凌峰指着远处的厂房说。

我抬头望去,破旧的老厂房旁边,矗立着一座座崭新明亮的现代化厂房;绿林、回廊式的公园与之形成强烈的反美;新建的自动开合的厂大门比核电厂也毫不逊色;宽阔笔者的水泥道路可以并排行驶四辆运输卡车……这就是二七二,是我眼中的二七二,它变得太快了。

负责具体实施这些厂区基础设施改造的统筹部门是二七二厂建管处。据黄耀辉处长介绍,这些改造是从 2002 年就开始的,"二七二厂是中国核工业体系中重要的一环,为了加强自身的核品能力,厂里向国家申报了固定资产投资项目,进行基础设施改造。"通过国家资金支持和企业自筹资金,二七二厂对铀纯化生产线及配套基础设施进行了七大项目改造。

这些项目自开工以来一直进展顺利,企业通过改造后,将脱胎换骨。谢凌峰介绍:"铀纯化生产线综合技改顺利通过了国防科工委的竣工验收。"

来过衡阳铀厂的人,都知道在俱乐部六条道 路交汇处,二七二厂在纪念建厂 26 周年时,建了一座"厂碑",高高耸立的厂碑上刻着"中国衡阳铀城"六个大字。"这是二七二的发展战略。"从中国核武基石,到中国核电粮仓,再到天友化工品牌的创立,二七二厂正在铸就"核优民强"的新局面。

"分立破产"的艰难历程

曾经有一位老领导对我说:"人这一生,办不了几件大事,能做成一二件,就很了不起了。欣慰的是,企业在我们的手上实行了'三划开',为以后的分立破产,打下了基础。"

当这一天来临时,职工的心里多少有些不安。不安来自于不自信,来自于对未来的迷茫。

政策支持

根据中核集团公司〔2001〕160 号文件和金原铀业公司工作会议精神先后召开了,对"八矿一厂"军品剥离分立审查会的部署和要求,二七二厂拉开了"三划开"的帷幕。

2002 年 5 月 10 日,二七二厂原矿冶技校操坪彩旗飞扬,鼓乐齐鸣。"中国核工业衡阳铀业公司、衡阳新华化工冶金总公司、中核华新社区管理委员会"挂牌仪式在这里举行。

5 月的铀城,不似想象中的明媚,带了几分夏的燥热。站在操场上的人,都有一份好心情,浓情笑语,如蛙鸣蝉叫的舒爽。湛蓝的天空,飘着白云,像极了铀城人的心儿,鲜活有力。

厂党委书记陈宗裕主持挂牌仪式，厂长邓学明在仪式上作重要讲话。至此，二七二厂"三划开"工作进入一个新的阶段。

邓学明厂长在回顾二七二厂"三划开"所走过的艰难历程和付出的艰辛时说："实行'三划开'是二七二前所未有的大变革，是深化管理体制改革、加速结构调整的需要；是加快建立现代企业制度，推进机制转换，加强企业管理的需要。它有利于降低军品成本，减轻企业负担，有利于加大民品的后劲投入和加快企业发展。"

二七二厂自 1958 年成立至 2002 年，历经 44 年的风雨沧桑。经过几代人的努力，为我国核工业事业的发展和国防建设，做出了不可磨灭的贡献。进行二十一世纪之后，企业经营状况正在向好的方向发展，军品通过技改，产能大幅度提高，成本明显下降，产能已提高了 3 倍，民品不断壮大，钛白粉产量已由设计能力 5000 吨/年，翻了一番，年产已过 10000 吨关，正在向年产 30000 吨的目标奋斗，企业综合实力不断增强，逐步减亏脱困，扭亏为盈。

从当年邓学明厂长的讲话中，我们可看到，企业有信心，但仍然底气不足。为什么？

二七二厂从 1984 年开始转民至 2002 年，14 年过去了，企业还在亏损。他用了"逐步减亏脱困，扭亏为盈"。

两万吨纯碱的关闭，则无疑对于他们是有感触的。邓学明曾在两万吨纯碱＊＊车间任主任，他当过厂劳模。可以说，"两万吨纯碱"对他来说是有感情的，是他们一手干出来的。但仅仅不是因为两万吨纯碱的闭关，还有许多中小民品，在市场经济中被淹没了。这又给决策者的心灵增加了负荷。

因此，邓学明厂长说："由于多种原因，目前二七二厂仍不适应市场经济发展的需要。"

有资料显示，当时企业人数 5744 人（在职职工 2719 人，离退休人员 3025 人）。社会职能齐全，医院、学校等单位全靠二七二厂负担；企业负担太重，一年管理费用高达 3000 万元以上；设备陈旧，基础设施老化。生活区房屋陈旧,道路破烂,企业无力投入建设。科研生产设施和技术得不到及时改造和更新;人才引不进,留不住,每年分配来的大学生看似有几十个,而真正留下来的,没有几人。国企成为了为私企培养人才的摇篮。

职工队伍年龄老化素质下降,1989年之后,企业退休顶职政策取消后,二七二厂除了每年分配来的一些大学生和退武兵,企业没有招工。

军品、民品均受到市场严峻的挑战,地位岌岌可危。因此,许多矛盾与问题交织在一起,用邓学明的话说困难重重。

如何看待二七二厂"三划开"问题,仍然是大多数干部、职工所关心的热点问题。

首先,我们要用战略的眼光来看待"三划开"问题。

我们应跳出二七二来看企业,就是说研究解决影响二七二厂改革发展的突出问题,不能只看一个企业局部的情况,而要从世界经济、国家经济、区域经济的外部大环境的发展变化、从企业适应市场变化、开拓市场空间,实现新形势下新的发展来研究处理问题。

邓学明厂长说:"我们要克服过去计划经济条件下的陈旧观念,树立市场经济条件下的价值观念、竞争观念、效益观念和发展是硬道理的观念。"

其次,二七二厂已经是一个军、民结合型,跨行业的大型企业,由于内外环境的不断变化,企业内部已经呈现多样化的发展趋势。产业结构,发展水平,盈利能力,不完全一样,面临的问题和产生的原因也是多种多样。部分干部职工思想观念落后,不能适应市场经济的要求。必须深化改革解决长期以来军民混线的问题,解决长期以来大锅饭的问题,逐步解决长期以来企业办社会的问题。

笔者认为:"许多问题,在当时有些人是看不清楚的,多年之后,央企的改革,把社会职能移交地方,是正确的。"

二七二厂的"三划开"是:"将军品、民品、社会职能剥离,单独核算。"成立军品公司、精干军品队伍,降低生产成本,提升产品档次,发展军品生产;

将民品中的优良资产剥离出来,进行资产重组,组建股份有限公司,经过 3 至 5 年的努力,力争上市,谋求民品的更大发展;对学校、医院、后勤等职能、要增强自身面向市场,服务社会的能力,研究和利用好国家政策,逐步剥离。模拟社会化管理,减轻企业负担。

当时的具体做法是:"将直接和间接从事军品生产的科研的纯化生产、质量检验、计量仪表、动力供应、三废治理、安全环保等分厂和处室,调整组建成中国核工业衡阳铀业公司,约 650 人。""将钛白粉厂、生化分厂调整组建成衡阳新华化工冶金总公司,约 498 人。""将后勤、武装保卫、街道学校、医院、离退休办、三大劳务公司、车队、再就业中心、宣教中心,等单位调整组建成中核华新社区管理委员会,约 1469 人。"

意义是什么? 它有利于降低军品成本,精干高效;有利于减轻企业负担,有利于职工转变思想观念;有利于建立现代企业制度;有利于壮大民品的后劲发展。

二七二厂"三划开"正如邓学明厂长所期待:军品队伍走向精干,技术创新能力加强,生产成本下降了。但是效果并非好转,因为,二七二厂当时的"三划开"只是形式上的"三划开"(并非真正意义上的三划开),效益统酬还是总厂说了算,军品生产费用的承包,的确为厂里节约了成本,军品生产是以完成任务为主。

到 2008 年,二七二厂才走向正真意义上的"三划开"。 2009 年破产时在职职工 2296 人,离退休职工 3019 人。

二七二厂在 2007 年就已经启动企业改制。2007 年 1 月,国家国防科工委、国资委、财政部、劳动和社会保障部、银监会五部委以科工改〔2007〕132 号联合发文,正式将二七二厂列入关闭破产项目,明确为军品分立,母体破产。2007 年 7 月,根据国防科工委科工改〔2007〕722 号文批复,二七二将军品资产从衡阳新华化工冶金总公司中剥离,注册成立了中核二七二铀业有限责任公司。同年 12 月中核集团公司与湖南省人民政府签署了变更衡阳新华化工冶金总公司属地化协议。2008 年 1 月,全国企业兼并破产和职工再就业工作领导小组以〔2008〕1 号文件下达了二七二厂关闭破产计划。4 月,工厂召开了职代会,一致通过了衡阳新华化工冶金总公司分立破产职工安置方案。2009 年春节过后,二七二厂在广泛征求职代会职工意见的基础上,经反复修改,出台了《衡阳新华冶金总公司分立破产职工安置方案实施细则》。之后,将保军人员由原来的 650 人调整到 854 人,这就是后来保军人员 854 的来历。

不稳定因素

当衡阳市中级人民法院宣告二七二厂分立破产时,企业内部出现了不稳定因素。

由于二七二厂长期受计划经济影响,企业办社会及"大而全"的管理体操弊端一直没有得到根本改变,二七二厂又处于城乡结合部,企业和职工长期处于相对封闭的状况,加之历经转民、军品生产结构调整的艰辛与痛苦,企业经济效益不好,职工收入较低,增长缓慢,致使一些干部职工观念滞后,"等、靠、要"思想,平均主义大锅饭思想,安于现状不思进取思想十分严重,历史遗留问题较多,在改制期间,各种矛盾凸显,有些矛盾还十分突出,不稳定因素增多,群众性事件时常发生。"集体上访、闹事、贴大字报"颇似文化大革命。

为了还原二七二厂"分立破产"时期的不稳定因素,我阅读了相关文件,总结了一下,认为当时的不稳定因素主要来自以下几个方面:

一是在职职工的不稳定因素。

二七二破产执行中办发〔2000〕11 号文件政策,除确定到二七二铀业公司的 854 人外,其余在册在职职工必须参与改制,按 11 号文件规定分别实行提前退休退养、领取一次性安置费或经济补偿金。由于当时在职在岗职工的待遇均不同程度地高于提前退休退养待遇,提前退休退养后其年级较轻,收入锐减,且分立破产后新企业返聘能力有限,故这部分职工对提前退休退养政策持消极、甚至是抵制态度,不愿意提前退休退养,要求企业全部予经返聘、上岗待遇不变,对未返聘的,要求企业给予政策之外的补贴待遇。进入二七二铀业公司的职工,不置换身份,不享受破产政策规定的待遇,认为自己吃了亏。

2008年9月份以来,在职职工中不同的利益群体中频繁发生群体性聚集、规模较大的厂内群访、围困厂领导等群体性事件。

2009年4月3日,数十名职工甚至封堵厂大门,不准其他职工上班及运送物资车辆进入。更严重的,有些当班职工脱岗参与闹事。那段时间,工艺、设备及人身事故时有发生,以严重影响到铀厂的军品生产。

二是退休人员,借故发难。

2000年以来,二七二厂退休人员因养老金偏低等问题,在长达6年多的时间里频繁发生不稳定事件,大规模聚集,围困厂领导和上级领导及政府部门领导,群体性上访,厂内游行、堵路,甚至冲击生产现场造成停产。部分退休人员提出:要求解决有毒有害待遇、工龄工资、国防津贴等问题,认为改制是解决这些问题的最后机会。

三是民品公司辞退的临时工问题。

2008年底,受全球金融危机的打击,二七二厂的民品生产经营难以为继,被迫停产。2009年春节后,民品公司——衡阳天友化工有限公司被迫辞退400多名临时工,这些临时工均为在职职工的配偶或离退休人员的子女。由于天友公司非常困难,无力解决裁减人员的经济补偿金和养老保险金问题,这些临时工对公司领导和厂领导采取群访、围困等手段施压,干扰企业改制。

四是聘用的原家属临时工索要补贴。

二七二厂自上世纪 80 年代初转民以来，一些下属二级单位、三级单位相继零散地聘请过一些无正式职业的职工家属做临时工，主要从事一些辅助工序岗位的繁重体力劳动，之后，因为年纪太大，陆续辞退。这些家属临时工加起来有 300 余人。因年事已高，没有任何收入，生活困难，多次聚集到厂里或市政府上访，要求解决养老保险问题，或由企业固定发放生活补贴。

除以上四个方面不稳定因素外还有来自，原系二七二厂职工因刑事犯罪被开除厂籍数十人的威胁，他们纠缠闹访，索要待遇。在这种情况下，企业要实行改制"分立破产"，可想而知压力有多大。针对上述不稳定因素和不稳定事件，二七二厂党政一班人，一方面通过各种方式加大政策宣传力度，畅通信访接待渠道，加强形势教育和改制必要性、必然性教育，同时在十分困难的情况下，挤出资金帮助困难群体解决一些实际困难；另一方面，建立维稳组织体系，落实了工作责任制，请上级领导对二七二厂的分立破产工作给予高度重视，组织协调有关部门做好维稳调研和工作衔接，防患于未然，为二七二厂分立破产工作的顺利进行提供了坚实的保障。

衡阳新华化工冶金总公司于 2009 年 5 月 8 日由衡阳市中级人民法院宣布破产。在上级领导的关心和支持下，通过管理人的直接管理和企业领导班子成员的通力合作，企业分立破产工作于 2009 年 12 月 7 日终结。

新的使命

回首 2009，我们思绪纷飞，感慨万千。企业"分立破产"实现了法律终结。

二七二厂从 1958 年建厂，走过了光辉的 51 年。走过艰辛而又创造辉煌业绩的二七二人，为了把企业打造成南方核燃料生产粮仓，建成一个现代化新型军工企业。二七二厂有过凤凰捏磐，欲火重生的彷徨与阵痛；闯过艰辛荆棘满布的丛林;始终秉承着"两弹一艇"和核工业"四个一切"的奉献精神,最终迎来了充满希望的春天!

我们保留了二七二的番号,保留了历史与文化。

二七二铀业有限责任公司从母体中分立出来,以全新的面貌脱颖而出,如喷薄的朝阳,新的组织、新的机构、新的人员、新的局面、新的起点、新的形势。

公司员工由35/45岁以下的人员组成,人员精简、年龄结构的变化给公司带来了新的生气。公司从母体脱颖而出,国企所承担的社会责任、社会职能已由社区担当,离退休人员移交社区管理,银行债务核销,减轻了企业负担,公司轻装上阵。二七二铀业有限责任公司的成立,员工思想上产生了新的变化,潜移默化的作用在员工思想中产生了强烈的震撼,促进了员工思想的快速转变。

尽管现实很残酷,但历史是公正的。发展是硬道理,不进则退。只有加快发展的步伐,企业才有生存的基础。

随着中核集团公司集团化、专业化经营方式的推进,集团产业结构调整、和"12321"核燃料产业结构的实施,二七二铀业公司必将成为集团公司天然铀纯化转化两个基地之一。

铀纯化新线于2011年建成投产,达产达标,老线通过产能填平补齐,新、老两条线形成年产＊＊＊＊吨产能,完全能够满足我国核电产品若干年的需求。

铀转化项目于2010年完成初步设计,2016年建成,217年试车成功。年产100吨锆铪分离生产线并于2016年建成,同年11月试车成功。站在新的历史起点,二七二人将承载的新的历史使命,一步一个台阶去实现自己的铀业梦。

激情下的"抗冰之战"

2008 年,一个看似吉祥的数字,实则蕴含着多灾多难之年。

1 月 10 日,南方大部分地区雪灾;3 月 14 日,拉萨发生打砸抢烧事件;3 月,安徽阜阳出现儿童感染手足口病;4 月 28 日,T195 次旅客列车脱轨,与 5034 次客车相撞;5.12 汶川大地震。这一年,全世界的目光都注视着这条东

铲车司机、电工联合抢修线路

方巨龙。可谁也不曾想到 2008 年,是如此艰难的一年,同时,也是中国人民展现信心的一年,让全世界人民都为之震撼、惊叹。中国人民强大的凝聚力、自信心。这是一个国家走向辉煌的精神基础,又一度刷新了外国人对中国人的看法。

百年一遇的冰雪灾害,洗卷南方 13 个省市。湖南成为全国关注的焦点,衡阳灾情名列前二。地处衡阳市郊的二七二厂,遭受了前所未有的雪灾。

天灾固然属于不可抗的自然因素,但不少天灾的背后,总有或多或少的主观因素。2008 年的冰灾突如其来,来势凶猛,是 1951 年以来发展最为迅速的一次,面积广、持续时间长,不可抗拒。在这场百年不遇的大雪面前铀城人们显得措手不及。

电断了,水停了,通讯瘫痪了、交通受阻,没有广播、电视,核品、民品全线停车。面对灾情,二七二厂党政领导和全体职工团结一致,抗冰灾、保民生、解民忧。

2008 年 1 月 12 日开始冰冻,一开始二七二厂就通过广播电视提醒全厂职工家属注意防冻、防中毒,要求各单位(部门)做好供水、供气设施防冻保暖,并及时下发了《加强防寒防冻的通知》,职工上下班不骑车。可是持续的低温雨雪在随后的时间里导致冰冻越来越严重,道路积雪结冰加厚,交通被中断,职工上下班出行困难。铀厂及时启动了灾害应急预案,一方面采取了人工、机械铲雪除冰、调集草袋,另一方面紧急采购工业盐撒盐除冰,但由于低温雨雪不断加剧,效果并不理想。

1 月 19 日,3.5 万伏的供电线路因电网垮网三相电压不平衡将 2 号主变压器击毁,3 号主变压器遭受重创,二组刀闸击穿,至此生产被逼停车。

面对灾情的进一步加剧,铀城及时成立了抗冰救灾指挥部,厂长周华春为总指挥、副厂长谢凌峰为副总指挥、其他厂领导及社区的领导和相关部门领导联合组成了抗灾抢险指挥部,下设"军品、民品、社区"三个抗灾抢险工作组,处理被迫停车后的相关事宜,防止和减少损失,并安排制定限电保护及生活区分片停电预案。

1月20日,二十四节气中的"大寒",湖南又迎来了新一轮的雨雪天气,气象专家表示,这轮雨雪带来的冰冻程度将更加严重。1月24日,省气候中心公布的统计资料显示,雪灾已达特大型气象灾害标准。恰逢此时,铀城主供电线路"乌东一线"过江线路断裂,铀厂6千伏高压线亦相继倒塌4处、变压器损坏6台,生活区低压电路、通信线路多处倒杆。铀城的电网、水网、通信、广播、电视、道路、房屋都严重受损,核品、民品全线停车。给全厂的生产、生活带来了严重的影响。

特别26号随着主供电线路"白乌水二线"及"东二线"多处铁塔的倒塌,新一轮冰冻给铀城造成了罕见的冰灾,固定通信和移动通信全部瘫痪;交通不畅,与外界失联,铀城晚上一片漆黑;核品、民品全线停产;水管冻裂,动力中断,全面停水,水贵如油,生产生活受到严重影响。

为了尽快恢复铀城供电、供水,为了攻克"抗冰战"的桥头堡。1月28日上午9点,厂领导召开三次专题会议,就抗冰战作出具体部署和安排,副总指挥谢凌峰坐镇指挥,生产区巡查抢险队、生活区救灾抢险队、道路畅通突击队,在确保安全的前提下开展救灾抢险工作。避免了安全事故、放射性污染事故发生。同一天省气象台发布暴雪黄色预警;1月29日,省气象台发布道路结冰红色预警信号……恶劣天气仍在持续中……

此时,工路桥架、水网、房屋、树木不堪重负,受损严重。

铀城两万多职工家属,家里缺粮、缺油、缺煤,吃、住、水、看病成了火烧眉毛的大问题。面对灾情,谢凌峰带领抢险救灾队深入抗冰救灾现场,查危房、勘灾情、送温暖,横下一条愿望:"灾情再重,困难再大,问题再多,也要确保受灾职工有饭吃,有水喝,有房住,有病能及时医治,决不能冻死、饿死一个人。"他们专门组织人员,购买大米和食用油,踏冰冒雪、肩扛手提地送到受灾职工家属手中。为了让职工有水喝,厂消防队每天出动消防车到湘江里抽水,去衡阳市运水。职工医院坚持24小时值班,并为生病的职工家属和离退休老同志亲自上门送医送药。

病房外,满地冰雪,行人举步维艰,医院领导带头挥锹铲冰,并紧急调来草垫铺在医院过道和楼梯上,为病人、家属及时开辟一条平安通道。医务人员默默地坚守工作岗位,加强医疗物资调配,制定和完善相关的工作预案,做好卫生应急和药品储备工作。确保工作措施到位、人员技术到位、药品物资到位,保证了医疗救助工作的正常运转。

负责后勤工作的汤湘军冒着风雪,踩着三轮车,手冻得红肿麻木,买来炉子和藕煤,还把炉火烧得旺旺的,送到每个科室,保证大家有一口热水喝。

这时,指挥部的领导想到了二七二临时招待所的平房是危房。因年久失修,厚厚的积雪一定将房子压得岌岌可危了。

他们及时赶到临招平房,果然,一些房子吱吱作响。住在危房里的职工、家属和小孩随时有可能发生伤亡。他们当机立断做出决策,安排五户危房户职工住进招待所,并为他们提供生活必需品。叉车司机谢楚天,连续多天登高作业,哪里需要叉车,他就把叉车开到哪里,除冰铲雪,任劳任怨,由于长时间在冰天雪地里奔忙,他的手、脚、脸都被冻伤。

2月1日的暴雪冰冻天气更加严重,24小时内冰冻厚达200mm. 使得铀厂生产生活设施再一次遭到重创。厂区桥架又有2处倾斜、大量的工艺管道、供水管垮塌、爆裂,厂房、车棚垮塌严重,特别是化工成品库整体垮塌,库内车辆、几十吨产品砸坏和报废。厂长周华春再次主持召开会议,部署抢险救灾工作。强调要集中一切人、财、物,不惜一切代价做好抗灾救助工作,确保春节欢乐祥和、平稳。厂里从单位抽调20名电工组成抢险突击队,支援衡阳市电业局抢修铀城3.5万伏的乌东一线跨江线路,但因天气恶劣冰冻严重而失败。

2月2日厂长周华春在察看灾情后,第三次召开会议,传达了集团公司《关于齐心协力抗击暴雪冰冻灾害的紧急通知》精神,要求二级单位把抢险救灾工作当作一项政治任务来抓。经过连续抢修,在电力部门的支持下,东二线供电线路得以修复，并向江边水源、医院等重点部位及生活区局部供电，三台主变仅 1 号能够勉强运行。自此结束了生活区 8 天的停电日子，但通信等系统仍未恢复。

且同时纯化厂"131"大棚严重受损、亚铁厂房、废泥处置厂房垮塌，设备损坏、围墙倒塌。

2 月 3 日尾矿库 6 千伏电路电杆全部倒塌，2 台变压器毁坏、供水管道、排洪管多处冻裂。指挥部在及时传达上级指示精神后，根据灾情发展情况，决定将抢险救灾重点转移到突击抢修尾矿库及废水处理运行设施，防止发生大面积放射性污染；同时突击抢修民用设施，保证居民基本生活。

自 2 月 4 日至 6 日，虽然仍是低温天气，冰冻没有加重，但部分厂房设施，管道坍塌、损坏、爆裂时有发生。铀厂抓住了天气这一良机，抢立倒塌的电杆，抢修供电和通信线路，加固支撑倾斜电杆；恢复了尾矿库 1 号供电回路，尾矿库的排水设施恢复；全力抢修生活区的供水、供电系统及与医疗相关的设施，修复通信系统、电视系统。与居民基本生活相关的设施在除夕夜前基本抢修完毕。为实行让全厂职工家属都过上光明温暖的春节目标，军、民、社三家组织铀城的职工家属清运垃圾，上下密切配合，形成了一个团结拼搏的团队。

为尽快恢复核品、民品生产，争取"抗冰救灾"的全面胜利，在通电、通水等基本条件具备的情况下，生产处处长蒋树武 30 多个日日夜夜，不分昼夜地始终坚守在抗冰救灾第一线。哪里有灾情，哪里就有他忙碌的身影。一天下来，他常常累得直不起腰。在深入灾害现场掌握第一手资料之后，蒋树武对灾情作出了准确的判断，通过统筹谋划制定出科学合理的救灾恢复方案。在抗冰救灾指挥部精心组织、合理安排与科学决策下，协调各个分厂组织党员干部、职工积极检修设备，更换损坏的机器、零件，修复被冰雪压垮的库房，抢运燃煤和原材料，在最短的时间内恢复了生产。

恩格斯说："一个聪明的民族，从灾难和错误中学到的东西比平时多得多。"这次冰灾也警醒铀城人必须增强忧患意识,居安思危。

2008年冰灾造成的结果:"供电系统、供水系统、生产设施、生活设施、公共工程都造成了不同程度的损伤损坏。生产被逼停产,生产区停电、停水15天;生活区停电8天;通信中断9天,直接经济损失达3000万。"

回顾抗冰救灾的情景,印象深刻,群众在抗灾自救中,为了取水,桶子装、瓶子灌、婆媳齐上阵;扁担挑,车子拉,母子心连心。同事们、邻里间送蜡烛、送煤炭、送青菜,相互帮衬。

2月6日(大年三十)晚上六点多,铀城才大面积恢复供电。当人们吃着热气腾腾的饭菜,看着春晚,那一份感激之情,从心底油然而生。

不忘初心　砥砺前行

　　荆楚大地,钟灵流毓。湘江在这里拐了一个弯,形成了一个"U"字型,将这一方山水凝固。六十年前,中国第一座铀水冶纯化厂在这里破土动工兴建。六十年后,这里已成为衡阳最具活力的湖南白沙绿岛军民融合 产业示范园区。

　　2009 年 9 月,二七二厂"分立破产",成立了中核二七二铀业有限责任公司,以谢凌峰为总经理的新一届领导班子走马上任,经历了"凤凰涅槃,浴火重生"的历程,从而让二七二铀业备受业界瞩目。一个老牌国企的"重生"之路,几乎都会与一个有着传奇管理经验的老总及领导班子团队联系在一起。

　　谢凌峰:男,1968 年＊月生于湖南省永州市,清华大学工商管理硕士,2010 年至今,担任中核二七二铀业有限责任公司的执行董事兼总经理,享

厂区新貌

受国务院特殊津贴的化工冶金专家,衡阳市优秀企业家。1991 年 7 月,谢凌峰大学毕业分配到二七二厂,26 年的风雨历程,使他成为了"土生土长"的二七二老员工,在他的成长经历里写满了传奇故事,他的故事又与企业血脉相连。

运筹帷幄　稳定大局

2009 年,企业改制之后,大部分干部员工的思想观念与市场脱节,仍然停留在过去计划经济"等、靠、要"的阶段;一些基层干部把亏损的原因都推给历史;还有一种"有福同享""利益均沾"的心态仍在基层滋生、蔓延。正如谢凌峰所说:"二七二'身子'已经是现代企业,可'脑袋'还停留在改制之前。必须痛定思痛,拔除落后思想毒瘤。"

冰冻三尺,非一日之寒。

当时,公司面临着七个不同利益的群体诉求,他们享受不同改制政策,其中就包括保军人员。2010 年,公司的任何薪酬分配工作都难以进行,只要调整一部分人的待遇,就会遭到来自几个群体的围攻,有的到办公楼冲击办公室、会场,更有甚者穿着放射性工作服冲出厂大门。

其实,在改制之前,二七二已经经历了从 1999 年到 2009 年,整整 10 年的不稳定期。从衡阳市到湖南省,再到国务院,二七二的不稳定那时候都是挂了号的,曾经在二七二发生过很多极端事情,退休工人围攻厂领导把厂长关起来,上级来的领导干部坐政府的车来视察工作,结果被他们掀翻;闹事拉闸导致全厂停水停电等等。当时,从国家部委到中核集团,再到地方政府,对二七二都感到非常头疼,那时的二七二厂形象差,地位底,没有贡献,只有动乱。政策改制刚刚结束时,公司内部生产任务少,企业连年亏损,现金流多次断链,没有发展前景,安全环保方面经常发生一些工亡、爆炸事故、三违现象司空见惯。职工的待遇在中核集团所有单位里是最低的,干群关系极其紧张。公司周边3000-4000名离退休老同志因统筹外费用等问题在观望等待，近千名改制后没有工作岗位每月只靠400多元生活费的提前退休退养人员闹着要上班、改制后分到民品公司的群体也经常来找公司领导，同时，还有十多个黑社会性质的团伙打着"子承父业"的旗号来要项目、搞供应、买物资，8个周边自然村组的农民队伍也常来阻工围攻，外围也是气氛紧张，一触即发。

在当时，很多人都把一些离退休老同志、闹事的员工看成"刁民。"甚至有人说二七二有一堆"刁民。"以谢凌峰为总经理的新一届领导班子没有这么看，他们认为只要引导好，把握好，真心、耐心、细心听取他们的需求，多交流，多沟通，换位思考。即使再刁的"刁民"也会变成良民。

谢凌峰喜欢读毛泽东著作，辩证法与方法论，用得十分到位。他想到了当年的土匪也能改造成解放军，何况员工不是"刁民"，他们的需求其实很现实，也很简单，要生存，要养家糊口，要过幸福的生活。当时的情况，你讲大道理，这些人是不会听你的，事实上他们要求并不高，只关心着我跟着你干了，能不能拿到钱，你承诺的东西到底能不能兑现，这就是员工的诉求。

这一届班子成员基本上都是搞企业出身的，混乱的局面、复杂的问题或多或少都经历过，多数都有带兵的经验，所以能讲到一块去、想到一块去。谢凌峰始终认定只要从企业高层开始改进作风，思路清晰、决策基本正确，相信多数员工也会跟着干的。

他们看准这一点，只要班子承诺的，就坚决兑现，有再大的困难都要兑现。同时，他们也反复强调。任何公司领导在任何场合都不允许单独随意表态，因为领导单独表态之后又没能做到会产生很多负面影响，容易导致员工不相信干部，干部不相信领导，一旦相互缺乏信任，那不又回到了从前，干部没威信了。

其实，员工需要得到尊重，当物质利益暂时不能满足他们的要求时，就要从精神层面打开通道，班子有了共识之后，分头做工作，让干部多与员工，与老同志沟通，同时，公司不适时宜地开展一些群体活动，给员工一些关爱和救助，为员工解决一些力所能及的实际问题。由于他们始终坚持群众利益不小事这个工作方针，干群关系渐渐融洽了，与员工贴近了，再多的困难都能克服了。

人本管理　扭亏为盈

谢凌峰生于湖南永州一个农民家庭，家里有很多兄弟姐妹，他是唯一一个考上大学的，上大学的时候家里很贫穷，靠的是兄嫂的支持，刚毕业第二年父亲就去世了。参加工作后，谢凌峰在企业曾几起几落，当过操作工，干过调度，下过海，卖过洗发水，做过煤炭生意……饱经实战之苦，积累了很多独到管理经验。

老子有云："企者不立。"人踮起脚来站立，能站多久呢？给谢凌峰的启示

厂区风景

是,企业光有目标是不够的,还必须通过制定有效的管理过程,脚踏实地去实现目标。

他深知,一个现代化企业,应该重视建立一种充满活力的目标,激励自身不断前进,而创造人本企业的最困难之处在于创建一种企业文化。

二七二曾有过昔日的辉煌,在军品限产的十年中,挖潜改造,降耗增效达到了极限;在保军转民时期,披荆斩棘,勇往直前;在市场经济的大潮中,惨淡经营,交足了学费。企业改制后,中核二七二铀业有限责任公司从母体中分立出来,保留了番号,保留了历史与文化。以全新的面貌脱颖而出,如喷薄的朝阳,新的组织、新的机构、新的人员、新的局面、新的起点、新的形势。公司员工由 35/45 岁以下的人员组成,人员精简、年龄结构的变化给公司带来了新的生气。员工思想上产生了新的变化,潜移默化的作用在员工思想中产生了强烈的震撼,促进了员工思想的快速转变。

尽管现实很残酷,但历史是公正的。发展是硬道理,不进则退。只有加快发展的步伐,企业才有生存的基础。

在 2011 年公司年度工作会上,谢凌峰语重心长地说:"我们不能继续躺在过去的功劳簿上吃老本,兄弟单位已经在大步往前跑,而我们却都还没站稳。适者生存,国家不会等我们,集团公司也不会等我们,我们的出路只有一条,那就是尽快站起来,然后小步快跑,最终才能大踏步前进。"

二七二人警醒了! 干部认识到,只有抓内部管理,改变工作作风,积极应对挑战,才能真正化解生存危机。

都说思路决定出路,好的思路是事业成功的一半。公司制定的总体思路是外部争取资源,做大做强;内部规范管理,做强做优。并提出:树立一杆旗帜,找准两个定位,处理三者关系,建立四个理念的发展思路。

在这个思路的指引下, 从 2011 年开始, 二七二开始对二级单位实行六项重点工作,以最简单和通俗易懂的方式告诉全体员工:一是生产经营;二是项目建设;三是风险管控;四是产业发展;五是改造环境;六是人才队伍建设与培养。

事实证明,越是重压之下,越是困难面前,二七二人越是能战斗!

2011年,纯化生产线新线产能达到了"十一五"期间的3倍;新建成的纯化生产线项目,凝聚着二七二人的智慧和汗水,一次性试车成功,为公司产业产业链延伸迈出了坚实的步伐。这一年,二七二铀业彻底扭转了多年亏损的局面,创利1000余万元。

从2014年开始,企业发生了显著的变化。生产从能力不足到产能翻番;经营从资源匮乏到基础夯实;项目从发展缓慢到前景广阔;技术从封闭落后到创新发展;风险从形势严峻到大局可控;管理从机制不活到改革创新。

"十二五"期间,公司在复杂严峻形势下,得到了上级部门的大力支持,步入了快速发展的正常轨道。由国防科工局和集团批复的铀纯化生产线建设项目、铀转化工程、305库项目、核级海绵锆铪制备技术中试科研项目等11个建设项目,总投资约6.9亿元。项目实施为公司加快发展创造了有利条件,夯实了发展基础,形成了良好的发展态势。尤其是二七二自主研发的铀纯化生产线获得多项专利,奠定了二七二在铀纯化领域中的地位。铀转化生产线于2017年2月27日顺利投料,目前已生产出合格的六氟化铀产品,并实现连续稳定运行。锆铪生产线于2016年12月25日开始带料中试验证,12月29日打通了湿法流程,最难的锆(铪)分离技术实现突破,实现了锆(铪)中试验证带料试车一次成功;2017年8月份开启火法生产,试车一次成功,拿出合格海绵锆,打破了国外技术垄断,被列为中核集团龙腾计划的重点项目。天然铀商用储备库项目建设,目前项目环评已由国家环保部批复,项目初步设计已经集团公司批复,力争2020年运作天然铀商业交易平台。这些项目的启动与运行,为二七二的发展奠定了坚定的基石。

一个成功的企业家总会有一个人对他的影响极其深远。我与谢凌峰共事多年,我很了解他,对他影响最深是毛泽东同志。

他说:"实事求是的思想对我影响最大"。正是因为有了"实事求是"的工作作风,他的做法才能被更多的人认同,因为他不务虚,而是一步一个脚印脚踏实地将二七二带出了困境。

我记得他刚任厂长时,我们有过交流,我说:"厂长,你休息一下吧,我看你走路都在想事情。"

他说:"时不待我啊,如果当领导都不想事。当一天和尚,撞一天钟,这种事我做不来。"

人到中年的他,有着异于常人的经历。从踏入社会第一天起,谢凌峰无论在怎样的生存环境中,都依着"和而不流"的人生理念,去冲淡外部的非常动势,化解内部的矛盾冲突,平展自己的失衡心境,融洽周围的人际关系。

沧海横流显本色,万山磅礴看主峰。从贫瘠的乡村走出来的有着大山情怀的理谢凌峰,经过岁月的历练,他走上了二七二铀业这个舞台,一点点把企业带出困境。湖南"白沙绿岛军民融合产业示范园"的踏歌起航,这是他的骄傲,他是一个最具吃苦,最会学习,最能战斗的企业家。

三进纯化　情怀依旧

俗话说:创业难,守业更难。

打开二七二厂60年的卷宗,余音绕梁的脚步已经远去,感人肺腑仍然是昨日的声音。

老厂长刘坤14年的坚持与坚守,让"龙头"自豪地成为核工业的翘楚,把二七二厂筑成了历史的丰碑。时隔30多年后,公司党委书记姚泽军14

纯化厂

年三次返回纯化厂,不辱使命,将纯化厂打造成一支战无不胜、攻无不克的铁军。

谁说这个时代不需要先锋、不要楷模?谁说这个时代,党员干部失去了信仰,不再有奉献精神?

让我们走进纯化厂……

一进纯化 以此励志

诗人艾青说:"为什么我的眼里常含着泪水,因为,我对这片土地爱得深沉。"

2017年夏天,我采访了这位身为"核二代"的二七二铀业公司党委书记姚泽军。

当我问及他"三次返回纯化厂"的时间时,岁月拉近了镜头,他陷入沉思,淡淡地说:"第一次到纯化厂任职是1999年3月,那年我36岁,从厂团委书记的岗位上调到纯化分厂任党委副书记、兼工会主席。"

纯化厂是1996年3月成立的,水冶生产线关停之后,二七二厂只保留了纯化生产线,可以说纯化生产线是二七二的生命线。姚泽军参加工作时就在纯化的沉结工序。纯化,他太熟悉了,这里有他的师傅、老领导,还有视为亲人的并肩战斗的兄弟姐妹们。

他是纯化厂最年轻的领导,分管工会和青工工作,这都是与人和事打交道的工作,由于他对人友善、和爱,不摆架子,对干部员工,一视同仁,从不厚此薄彼。如:员工的父母亲去世,他都会带领班子成员前去吊唁;员工生病住院,也会亲自去探望。许多职工都愿意跟他在一起交流,掏心窝子,说心里话,很快他就跟职工打成了一片,也就是这样的人文关怀,他成为了员工的知心人、贴心人。

他说,在纯化的那两年是他成长最快的黄金期。

姚泽军的成长与成熟，一方面来自于工作实验，另一方面，来自于他的刻苦学习与努力。

他看过很多的书，有良好的修养，他的书房整个一面墙全是书籍，管理方面的新书居多。

我说，你现在这么忙，还有时间啃书啊！

他说，21世纪的企业应该是学习型的团队。然后打趣地聊侃，孔子说过："学而不思则罔，思而不学则殆。"

从他的言谈举止中，我看到了一企业高层领导人，不但爱学习，而且还善于思考。

修身是人一生的事情，荀子曰"人乎耳，箸乎心，布乎四体，形乎动静。"透过前人的智慧，这就是君子之学。

年轻的时候，他曾写过一首诗《告别三十》以此励志：人生三十是里程碑，长一岁就是一份成熟与经验。每一次迈步都应比以往留下更深更坚定的足迹。成熟的你走向成功……指点江山，意气方遒。那是一个有理想有梦想有追求的年代。

第一次去纯化厂，他是去学习锻炼的，的确，两年不到的时间，他成长很快。2000年10月被调到综合分厂任党委书记。

二进纯化　爬坡过坎

第二次去纯化厂是二七二改制时期。2009年夏天，公司领导的思路是为了稳定军品生产，确保纯化厂这支队伍不受外界的影响，公司领导经过反复考虑，决定派组织部长姚泽军去纯化厂任厂长。

一天下午，他刚到办公室，公司党委书记李昆明便找他谈话。

"小姚，我们班子讨论决定，派你去纯化任厂长，现在征求一下你的意见？"

他被昆明书记的话惊呆了。企业改制了，也曾想过自己可能不会长久地呆在组织部长这个位子上，但从来没有想去纯化任厂长。因为，纯化厂长位置太重要了，去纯化要懂管理，要有群众基础，人们把它叫做："人脉。"

昆明书记的提问，容不得他去思考，他看着书记信任的目光，说："我怕自己干不好！"

"派你去纯化，我们是经过深思熟虑的，我们对你有信心。"

从2000年10月离开纯化厂转眼间，十年过去了。沧海横流显本色，万山磅礴看山峰。他先后去过综合分厂、保卫处、劳务处等单位任职，又在组织部长位置上磨炼了多年，他对纯化情况的确比其他干部要熟悉。

来纯化之前，昆明书记交给他三大任务："职工队伍的稳定；老线、新纯人员分离；新线人员培训及纯化新线一次试车成功。"

企业经过"分立破产"改制之后，纯化厂成为了名副其实的老大，员工一下子猛增到400人，人员的大融合，他所面临的是一个破产后时期的动荡。许多历史遗留问题、各种矛盾交集汇聚到一起，员工思想十分活跃，稍有风吹草动，就会聚集在一起闹事。姚泽军是从基层干起的，经历过企业十年的不稳定期(1999-2009)，面对复杂的问题与矛盾，他有经验。到纯化之后，从班组骨干开始做工作，让干部改进工作作风，多与员工交流，与老同志沟通，尽力为员工解决一些力所能及的实际问题，给员工关爱与帮助，由于思路清晰，决策正确，干群关系贴近了，许多问题迎刃而解。

期间，他率领纯化班子解决了纯化退休退养人员返聘问题；做通了保军人员索要待遇问题；解决了纯化重新定岗定编问题和纯化新线人员培训、设备安装与试车等一系列问题。

纯化新线车间成立后，从各单位分流来的员工猛增到200人。他深知，要想让纯化新线高效运作起来，必先培养一批高素质人才队伍。培训工作从2010年3月正式启动，他聘请了清华大学的王学军教授为技术骨干讲课，参培人员有：胡锦明、黄召、刘浩、尚勇、徐长青等20人，他们培训完成后，再按工段对全体员工进行培训。2010年3-6月，新线培训人数共125人，这些人员成分复杂,有大学生、退伍兵和各单位分流来的转岗人员。

姚泽军从老线抽调四名经验丰富的段干:李先明、徐长青、徐海晏、杨洪,让他们负起责任,带出一批生产骨干。正如同志们所说,一切都得从零开始。他们尽心竭力,言传心教。组织大家学工艺、学安全知识,从岗位的重要性、机械结构、产能及保密等方面入手,仅用三个月时间,使这些转岗人员基本上掌握了理论知识与操作要点。

在纯化新线首次试车时,他欣喜若狂,站在控制大厅深情地对大家说:"兄弟们,两年来的辛苦终于迎来开花的日子,结果在我们的手中,只要我们按规程操作,试车成功我很有信心。"同事们看到他一股高兴的劲儿,大家也跟着乐了。

纯化新线于 2011 年 10 月通过国防科工委和中核集团验收,产品全部达到设计标准。随着纯化新生产线第一桶产品下线,中核二七二铀业有限责任公司天然铀产能实现了翻两番,也就是这一年,二七二铀业公司实现扭亏为盈的目标。

三进纯化　滚石上山

2013 年 5 月,公司纪委书记姚泽军被派到纯化兼任厂长,这是姚泽军同志第三次来到纯化厂。

去纯化之前,谢凌峰总经理和李冀平书记,同时找他谈话。

谢总说:"1.11 火灾,二七二伤了元气,现在铀城有两万多双眼睛在盯着我们这一届班子啊!"

冀平书记说:"我们研究了,你去挂帅是最合适。"

他站起来,表了态:"请二位领导放心,我竭尽全力开好新线,尽快恢复老线生产!"

这简短的几句话,是决心,也是誓言!

姚泽军对纯化厂太熟悉了……他不是来故地重游的,他是带着任务和使命来的。当时,在纯化厂流传着一句话:"2013年,纯化厂能够完成生产任务?派神仙来都没用。"

当时"1.11"火灾的阴霾在纯化人的心中还会散去……它几乎摧毁了纯化人的意志。

初到纯化的第一天,他与班子成员一起去火灾现场查看了一下情况,整个萃取厂房内,断壁残垣,乌烟瘴气,地上到处是消防水和废弃的有机相,连一个落脚的干净地方也没有。

那一刻,他的内心,岂是一个"痛"字能够表达的呢?

他看了看身边的同志,没有一个人说话,也体会到了他们心情的沉重。

他问身边的总支书记:"胜华,你怎么看呢?"

张胜华说:"您来了,我们有了主心骨,您说咋办,我们都听您的。"

厂区新貌

"好,我要的就是你们的态度。"

回到办公室,召开班子会议。他对班子工作重新进行调整,总支书记负责抓职工队伍稳定和思想工作,三位副职,一人管一行,负责火灾现场清理,搞好灾后重,尽快恢复新线生产,重树纯化人信心。

第二天下午,他召集班组长以上干部在生活区开了一个会议。

至今,我们还记得他当时说的一段感言:"我自己都没有想到,我会再次回到纯化兼任厂长。我记得 2010 年 10 月离开时,我曾对大家说过,要把纯化打造成一支胜不骄、败不馁的铁军。现在看来,纯化问题不少。主要是来自两个方面:职工思想活跃,出现了不稳定因素;生产任务繁重,干群压力大。针对这些问题,我将与大家共同面对,依靠各级骨干努力,我们一定可以战胜困难,化解矛盾,走出困境。"

毛泽东作为国家领袖,自注重主要抓好两件事:一是出主意,二是用干部。组织部长出身的姚泽军自然深谙此道。

一周之后,姚泽军与班子成员研究后,决定对车间主任进行轮岗,提拔一批能担当的工段骨干到生产一线负责工作,调整后的各级干部在很短的时间便进入了角色。

为了给员工鼓劲,他提出:"改造企业,文化先行"的理念,为了提升文化产业,在纯化厂生产现场开辟了"文化长廊","一线人物报道""最美劳动者"网络专栏连载,让职工对企业的历史与文化有了认知和认同,教育员工如何把工作当事业,把事业当人生追求。

纯化新线开车了,当月就评出了"岗位明星""优秀团队",在先进集体和先进人物的感召下,落伍的职工少了许多,抱怨的人更少了。员工的责任心加强了,但个别岗位仍然存在脱岗、睡岗、小倒班的现象。姚泽军对症下药,在他的主导下,进一步完善了各种考核办法,分厂成立了"劳动纪律检查小组""安全环保检查小组""工艺分析、设备检查小组"。理顺了生产、机动、后勤,既分工又合作的关系。

2013 年 8 月份,纯化厂查出不合格产品近十桶,经及时取样分析,及时解决了大批量产品不合格问题。对此,姚泽军对主管副厂长发了一次脾气。

有人说,从没有见过他对职工发过脾气。从他担任组织部长以来,就一直保持着严肃的行事风格。并非他的脾气好,是因为他的涵养高,即使心里有座火山马上要爆发,他也要强咽口水把它压下去。有一些干部对事情不明白,便跑去跟他讲理。他总是笑笑,给你一支烟,让你坐下来,心平气和地跟你谈话,他说话不会讲得那么直白,而是给你一种启发,点到为止,让你自己去琢磨。他甚至点出一些哲理很深的话,让听者慢慢去悟,等到终于悟透了,感觉获益匪浅、终生难忘。

纯化新线虽然恢复生产了,老线仍还在重建中。2013 年 5 月份之前,一直没有按要求完成生产处下达的计划。

这时,纯化班子心急如焚。尤其是班长姚泽军,几乎每天都在生产现场。

他知道,光着急没有,还得解决设备问题。

浮躁是当世最大的痼疾,无数人解不开荣宠与羞辱、得意与失意的结。

姚泽军闲暇时喜欢读老子的《道德经》,在这本书中,他悟到"天下万物生于有,有生于无的道理。"

中国企业现存最大的弊病是:"从各级领导一直到下边,看重有形的太多,无形的太少。"在老子的《道德经》中,所说的无形就是灵魂,老子的"道生一,一生二,二生三,三生万物"。万物的根源,是道,而纯化厂的道,就是凝聚干部员工的力量,才能战胜困难,使企业度过难关。

通过调研与现场骨干座谈,终于找到解决问题的办法。

纯化老线萃取发生了火灾,但是,沉结工序和煅烧工序完好无缺,为什么不能利用这两个工序生产呢?

他把自己的想法与班子成员商量,没想到一拍即合。

厂长助理杨武说,我们现在面临两大难题:"一是废水处理,二是沉淀结晶工序容量少。而老线与新线,工艺流程不一样。老线用的沉淀结晶,新线用的是三相结晶。"

姚泽军问："瓶颈是不是卡在废水处理这一关呢？"

副厂长刘浩说："是的。"

"那还等什么呢？改啊！"

三天后，解决方案出来了。

6月底，新线加大了生产能力，将原来两个萃取塔改为四个萃取塔，试车一次成功。

7月初，老线煅烧工序开车，但是，新线是新工艺，结晶工序处理量陡然提高带来了产品质量出现了异常。纯化技术人员提出方案，检修人员抓紧分秒实施，岗位操作人员边生产边配合技改……生产出了合格的结晶原料，产量一下子冲了上去。

铀城的阳光，在8月变得更加明媚。四个多月之后，二七二在废墟上，建起了一座崭新的萃取厂房，建起了铀城人的希望，也树立了纯化人的信心。

2013年9月13日8点18分纯化老线萃取恢复生产，公司副总经理蒋树武、建设管理处处长曾中贤，参加了试车仪式，纯化老线萃取试车一次成功。之后，纯化生产线成功开启了七台煅烧炉，不断刷新生产纪录，向着更高、更难的巅峰攀越！

9月中旬，生产管理实行倒计时，纯化厂制订了完成任务进度表，每天早上班前会公布一天前的生产情况，那些日子，真是扣人心弦，几乎天天都是超量生产。

10月份，产量创下建厂以来的历史新高。李冀平书记在与退休职工座谈时欣慰地说："老核工们，你们猜一猜，二七二现在一个月完成的生产任务量是多少?！"

"没有一个人猜对。"

"我们一个月完成的生产任务比过去一年还要多，想一想，我们的生产能力提升了多少倍！"

纯化厂完成任务的当天晚上，妻子买了些卤菜回家，开了一瓶红酒，对他表示祝贺。

他饱含深情地对妻子说："2013，终身难忘！"

岁月如流，光阴迈着一成不变的脚步，不疾不缓地走着，走过一个个春秋冬夏，走过一次次月缺日晴。

进入知天命之年的姚泽军，为人夫，极专情；为人父，极关爱。

他曾说过："参加工作后，不断给自己加压，压力在某种程度上就是动力。要超越生产能力的极限，首先要超越自我素质的极限。"纯化生产能力的成倍扩大，干部职工逐渐加压就是例子。

从勇立潮头到临危受命，他敢于担当，胸怀坦荡；以身作则，勤勉工作。14年中，他三次派到纯化厂任职。在人的一生中，14年不长，也不算短，可对于一个想干事、能干事、干成事的领导干部来说，是一个多么宝贵的时段。

2013年底，姚泽军同志被任命为二七二铀业公司党委书记。近年来，他始终以特殊的"君子风度"和企业家的情怀影响着企业形象的塑造和企业文化的传播。他坚信企业的竞争，说到底是文化的竞争，唯有高扬万众服膺的企业文化大旗，才能在市场竞争中立于不败之地，这也是一个决策者所承载的梦想。

衡岳湘水，南岳雄风。掉头一去是风吹黑发，蓦然回首已是雪满白头。

作为铀城的开拓者，领头雁，他深深懂得自己肩负的责任与使命。"衔环结草，以谢恩泽。"他每走一步都战战兢兢、如履薄冰，心中系着对党对祖国对社会对人民的感恩之情。

第 **4** 部分
转型

魅力铀城
MEI LI YOU CHENG

升级

有人说,黄河和长江喂大了一个中国。

湘江又喂大了大半个湖南。在湘江南岸成长起来的二七二,无疑是雁城一颗璀璨的明珠。60年来,铀城这片诗意的土地接纳了太多疲惫而有伟大的灵魂。

湘江的不朽,是因为她多元的文化;

铀城的不朽,是因为她永恒的魅力。

在极速变化的年代里,总有东西在激励着我们。

2009年,企业改制后,二七二步入发展的快车道。铀纯化新线建成达产达标,铀转化生产线项目建成试车成功,实现了产业延伸;锆铪中试项目已建成并取得阶段性成果,实现了科研成果产业化。公司形成了三足鼎立局面,为二七二带来了长足的发展。

奋进的纯化

习总书记说："功崇惟志，业广为勤。"国家好，企业好，大家才会好。当你走进纯化现场，看到"爱我纯化、纯化是我家"，这句发自纯化员工肺腑之言的话时，不知你有何感想，她代表着纯化厂干部员工的心声，同时也是一句美好的誓言。

"爱厂如家"应该是企业员工共同的心愿。她，是一种精神气象，在纯化人心中一直延续着……像明媚的阳光，圣洁的心灵。21年来，善良、正直、淳朴的纯化人，在各自的工作岗位上挥洒着汗水、青春与热血，将生产与科研推向一个又一个高峰。

纯化厂全貌

蹒跚起步

1995年9月,国家产业结构调整,水冶生产线关闭。二七二保留纯化生产。第二次创业从研制核电级二氧化铀开始,核电级二氧化铀也成为二七二转民最成功的项目。

1996年3月,纯化厂成立,在那段艰难的岁月里,铀城人的目光投向了纯化,襁褓中的婴儿,开始接受风雨的洗礼。首任厂长黄代富挑起重担,班子成员不辱使命。在纯化厂党政一帮人员的带领下,他们克服设备老化、故障频繁等困难当年提前2个月完成了生产任务;当年10月上级临时给二七二厂追加了核电"二氧化铀"生产任务。接到任务后,纯化厂立即组织人员抓紧生产,12月初,完成了追加任务。

年底,纯化厂对在一年工作中成绩突出的有功人员进行嘉奖。从厂长黄代富的年终总结报告中看到不名单,当年纯化厂总人数188人,受各类表彰的达64人。这种精神奖励极大地鼓舞和调动了职工的士气,紧接着,他们又开车了,为1997年的生产打下了良好的基础。

那段时间,纯化车间投入满负荷生产,为保证核电"二氧化铀"生产,为保证萃取每天需要通过的金属量,投料组分两个班投料,人员不够,生产组人员顶上去,厂劳模李占旗同志坚持一天上两个班。从12月14日起生产线同时生产两种产品,一边在生产核电"二氧化铀",另一边在生产"八氧化三铀"。

他们就像孩子蹒跚学步一样,每一步都付出了艰辛的努力,每一步都有说不尽的苦辣酸甜,每一步都有讲不完的故事。至今已延续了纯化分厂21年屡创佳绩的神话!

快速成长

公司为了发展,纯化厂为了让自己快快成长,在领导的关心下和兄弟单位的支持下。从1997年起,他们对纯化生产线进行了"电器设备改造"和"产能填平补齐",在这期间他们边生产,边技改,边生产边调试。人许多典型事例和感人的故事。在那次技改中,以刘立功、谭帮君同志为代表的电工段,他们提前完成了四台变压器的互联工作及萃取的照明改造,配合机修作好了各个工号动力线铺设和电器设备安装。从而使机械、电器设备改造并驾齐驱,工作进展有序。

机修工段的带班小组长和项目领队更为突出:刘仁模、陈开国、彭素华、刘忠民;电焊技师:王少华、李岚嵩;青工袁志周、腾志勇、尹林枫、熊恒勇、李慧玲等同志,更是不辞辛劳地连续加班,他们当中:尹林枫同志多次克服牙痛、肾结石给身体带来的伤痛,坚持上班;熊恒勇同志脚被电焊烫伤化脓,坚持加班;腾志勇同志母亲病危时,他仍坚守在工作现场;特别是钳工师傅陈开国同志两次在工作中,中暑呕吐,仍不肯离开工作现场,在分厂领导的多方劝说下,他恋恋不舍地离开工作岗位,这位老同志平常连一包烟有舍不得抽,却要花上近百多元钱去打点滴,这种忘我工作的、敬业奉献的精神恐怕在二七二厂也是不可多见的,还有许许多多的同志,他们放下家中的急事,放弃休息时间,不讲条件,不图报酬,无私奉献。

以分党委书记万克松同志为代表的分厂中层干部和生产骨干们,殚思竭力,不畏艰难。在他们各自负责的工作中,兢兢业业、任劳任怨。工作中带头干、抢着干、拼命干,他们就是奠定铀城这一栋大夏的基石,是铀城人民学习的标杆。

工艺操作人员在一个多月间,动员了工艺人员110余人,对原水冶102车间十个合格液塔,进行了为期一个多月的清掏。他们从6月20日开始,每天早上六点准时进驻现场，分上下午班清理塔内的树脂和矿渣，到7月4日，清塔工作告一段落，共掏出矿渣近200个立方米。7月5日，开始破地面和罐内墙壁上的除渣工作，在没有风钻的情况下，工艺段的这些铁汉子们，用大铁锤、扎、敲，用铲子挖，这时，衡阳气温高达摄氏40多度，同志们赤膊上阵，汗流浃背，身上全是苦咸的汗腥味。

一个多月来，他们冒着粉尘大，剂量高等困难，用角磨机、铁锹、铁棍、锤子等一切可以铲下晶体的工具将大罐四周壁上的金属进行了回收，完成了十个塔的清掏工作，回收金属1吨以上。同志们一天换一身衣服，有的人喉咙讲话都嘶哑了，有的人头发掉了许多，在十分艰难的条件下，战高温、斗酷暑，克服重重困难，完成了这一次艰巨的任务。

纯化厂同时组织人员分期分批清掏了系统中的槽子、大罐、地沟，拆卸了压滤机、清洗了萃取塔，清理各类废渣几十吨，回收金属约1.5吨。为清洁工艺流程，为开车作好了准备。

那是一个战斗的场面，也是一个奉献的场面，他们每天早晨以饱满的热情、旺盛的精力投入到紧张的工作，下班回家，却总是拖着疲惫之躯。工作现场看不到一个人在聊天、闲逛……没有亲眼目睹和亲身经历过的人是很难想象，纯化这一支铁军，是在多么艰苦的条件下默默工作，他们的勤劳、质朴、奉献精神在这里表现得淋漓尽致。沸腾的工厂洋溢着奉献的激情，在闷热的金秋，他们收获着成熟与希望。

我知道，他们什么都不图，心中只有一个信念，那就是二七二厂这一艘航母，早日驶出港湾，搏击远航。通过技改，溶解厂房拔地而起，从投料组变成了溶解工段。再也不需要在主厂房里进行投料了，配套的通风系统也使溶解时同志们从"仙境"回到了人间，同时对溶解产生的黄烟《氮氧化物》得到了初步治理。直到2005年，一个花园式的工厂基本形成。

为进一步提高企业的能力，通过新项目带动老生产线的技术进步，二七二开始申报铀纯化新生产线，并于2009年3月，开始了纯化新线建设：仅用两年零三个月时间,建起纯化新线,并于 2011 年 5 月一次带料试车成功。

2014 年,他们又试制了新型煅烧炉。经过一年的试生产,产能提高了 70%。回顾那些"急流湍涌,厉兵秣马,越隘闯关的日子",多少纯化人承载使命,追求梦想。

在这里,山成了湘江的点缀,铀城成了诗意的象征。

我们不能忘记他们的名字……从黄代富首任厂长开始,纯化厂以历任八届领导。有人把他们称作"领头雁",也就是这些"领头雁"带领纯化人飞向了一片蓝天。

古语云:"羊有跪乳之恩,鸦有反哺之义。"我们很多人都知道这个道理,我们在感谢自己的父母、老师、朋友的同时,不要忘记感谢为核电"二氧化铀"的诞生作出过贡献的功臣们,还有我们的客户,正是因为有了他们的支持,才成就了我们事业的基石。

从纯化厂成立的日子算起,已经走过了 21 个年头。21 年来,纯化人一直秉承着"顾客的满意就是我们的追求"这一宗旨,"以核报国 服务社会 回报员工"的理念。21 年,弹指一挥间。我们不断完善自己的产品,不断提高服务意识和服务水平,筑牢质量大堤。二七二历届领导班子始终把对事业的使命感和责任感放在第一位,毫不动摇。

从 1997 年开始,到 2016 年的十几年里二七二人不断努力,产量/质量不断攀上一个又一个台阶。

"不积跬步,无以致千里;不积细流,无以成江海"。如今在纯化干部员工中,对抓好质量管理工作早已形成了共识,那就是"筑牢安全质量环保大堤,是企业发展永恒的主题。"

21 年来,为我们的辛勤付出,收获累累硕果而自豪。21 年来,为我们知难而进,创造了奇迹而备感欣慰。

荣誉承载了二七二人敢为先锋的英雄本色,信念铸就了二七二人坚忍不屈的进取精神。

21 年间,纯化荣获多项"国家级和省部级荣誉",诞生十几个先进集体和 3 位省部级劳模:万克松、康华秋、周富强;

21 年间,纯化荣获"集团、市级、和公司级"先进个人多达 1000 人/次。

21 年来,他们解决了黄烟问题,他们实现了铀原料的粉料自动投料,他们尝试了离心萃取、混合澄清萃取、脉冲萃取、振动筛版萃取;他们试制了微波煅烧系统、新型煅烧炉。

21 年间,他们⋯⋯战高温、斗酷暑、攻坚克难,一步一个脚印⋯⋯将生产与科研,一步一个脚印,推向一个又一个的高峰。

新的起点

二七二厂纯化生产线是 1962 年建成投产的，至本世纪初，已运行了 40 余年，从事铀纯化事业的技术人员，依靠技术进步，不断改善的生产工艺，取得了较大的成绩。经过逐年改造，总能完成生产任务。

借国家大力发展核电的契机，中国核工业集团公司提出了"保军转民，发展核电"的发展方针，"十五"期间，我国在建的一批核电机组将相继投入运行，对天然铀的需求也在逐步提高。当时作为我国唯一的一家铀纯化加工厂，二七二铀业适时提出了提高核电级或核纯级二氧化铀的产能，走出一条既适应社会主义市场经济发展要求，又能满足我国核工业发展需要的铀纯化发展的新路，建设一条适合我国国情的新铀纯化加工生产线，降低生产成本。实现降本增效，提高二七二铀业公司在国际上的竞争力。

2007 年，二七二厂开始着手起草纯化新线的可行性报告。

万事开头难

纯化新线在立项之前，为了验证整套工艺流程的可行性，核工业北京化工冶金研究院与二七二厂的科研中心做了许多小型实验。为确保技术的可靠有效稳定，又开展了验证性的扩大实验。扩大试验与现在新线的设备工艺高度近似,扩大试验是新线试验阶段的难点所在。新线萃取的试验得到清华大学的技术支持,二七二厂提供人力物力,包括钳工、电工、工艺骨干等,试验设备是一座直径 70mm 的振动筛板试验塔。从设备选型,参数调试,到扩大试验,清华大学的王学军教授带领团队亲自指导试验,做了大量的试验,试验得到了研发中心的支持和帮助,公司安排了杨立峰、肖少华、张伟华等多名技术人员参与试验,为新线萃取提供了操作和控制的各类参数,为保证新线萃取达产达标奠定了坚实的基础。

为了解决萃原液过滤问题, 从 2008 年 3 月起, 刘浩同志组织进行多种过滤设备的过滤试验。其中包括:卧式螺旋推料离心机、轻质滤料过滤机、厢式过滤机等一系列过滤实验。为了摸清物料情况,通过前期大量的小试,为保证选型结果在今后的工业生产时不发生大的偏差,请厂家技术人员到场配合扩大试验,通过大量工作,解决了流量小、工作时间短等问题,提高了设备的运行效率。获得的萃原液清亮、透明。

通过大量实验,掌握了萃原液中所含固体杂质的表观密度、溶解液中胶体硅的变化特性,为后期的工艺设计提供了依据。

结晶工序采用了先进的三相结晶技术,该技术由北京化冶院通过多次试验和提供设备选型,与经典工艺相比,该技术缩短了工艺流程,减少了废水量,更加节能降耗。

煅烧工序的关键设备煅烧炉是二七二厂自有技术, 是对老煅烧炉数十年运行和改进的技术积累的集中体现。

整个新线各工序都采用了自动控制系统和监控系统,包括在电脑上开停泵、煅烧炉升降温、开停搅拌、液位监控、温度控制、火灾报警控制应急控制等,大大提高了生产线的自动控制化水平。

抓培训

铀纯化新线的建设日新月异,面对新技术、新工艺、新设备,要开好这条生产线,不辜负铀城人民的期望,必须对新线的操作人员进行充分的技术培训,考核合格后上岗。为此,从公司各个岗位抽调来的人员首先在原铀纯化生产线上进行实习,采取以老带新的方式,培养其安全、质量的基本意识和职业卫生和放射防护知识。

培训工作从 2010 年 5 月正式启动,前期的培训主要参与人员是各类技术骨干,共计 20 多人,其中有清华大学的王学军,二七二厂的黄召、胡锦明、刘浩、尚勇、徐长青等骨干参与,他们培训完成后,再按工段对全体员工进行培训。

纯化新线的员工培训分为基础理论培训和实操培训两大类:新线基础理论培训时间是 2010 年 3-6 月,培训人数 125 人。之后,带领这些参培人员进入生产现场,进行实操培训,由于新建铀纯化生产线与该厂原工艺比较接近,所以操作技能培训主要以现场实操为主。

安装与烘炉

新线的现场各类设备设施安装与烘炉的工作任务十分繁重,在设备安装之前,公司组织了各位技术骨干举行了讨论大会,纯化厂高度重视新线的设备安装与烘炉工作,成立了安装维修领导小组,以时任纯化厂长符智为组长,领导小组成员有现任纯化厂长陈斌、现任纯化书记刘浩、现任纯化副厂长杨武、刘伟林等人。成立了烘炉工艺组,由尚勇、刘浩任负责人,小组成员有李先明、周富强、周志琨、戴建明等人。成立机电维修保障组,由刘伟林任负责人,小组成员有周桂华、沈湘、廖安红等人。成立安全监察组,由何水任负责人,小组成员有谢楚天、刘海龙。正是这些在现场干得热火朝天的默默奉献的人,才保证了设备安装的圆满完成。

烘炉是煅烧炉运行投产前的一项重要工作,其作用是使砌体中的水份充分排出使投产时砌体内的水份不大于1%,以保证在近千度的温度下运行时砌体不变形,不发生裂缝。烘炉的好坏直接影响煅烧炉的使用寿命及使用效果。因此烘炉是设备投入使用前的重要环节,做好烘炉工作非常重要。

在烘炉之前,同志们对煅烧炉的机械、电器进行了多次检查确认。达到送电要求之后,才开始送电升温。

第一次烘炉时间是从2010年10月31日到2010年12月2日,组织参培人员进行煅烧炉烘炉分3次对几台煅烧炉进行了烘炉,期间每天对煅烧炉烘炉情况和炉体各部分温度情况进行跟踪。

第二次烘炉时间是从2010年12月13日到2011年元月18日。

试车一次成功

二七二铀业公司铀纯化新线项目,在上级主管部门的关心支持及全公司上下的共同努力下,经过一年半的建设,提前半年建成。公司成立了以总经理谢凌峰为总指挥的试车领导小组,黄召为副总指挥。试车领导小组决定,纯化新线带料试车分三步走,第一阶段顺利打通流程,拿出合格产品;第二阶段调整参数稳定控制;第三阶段达产达标。

根据各项目的建设情况、各工序的关联程度、各工序之间的顺序关系,一共组织了四次联动试水,经过细致扎实的试水及后续整改工作,流程顺利打通,对试水过程中暴露的问题进行了逐项解决。为带料试车创造了良好条件。

2011年6月各系统开始分段试车,2011年6月5日溶解工序开始正式带料试车,为萃取工序制备合格萃原液,萃取、三相结晶、煅烧等工序依次进

纯化厂房一角

入带料试车阶段,至 6 月 18 日煅烧一次设车成功;标志着通过一周时间的试车工作,第一阶段试车取得了圆满成功,流程一次打通,并先后拿出了合格的八氧化三铀和二氧化铀产品。

自 6 月 19 日起,试车工作转入以调试参数为中心的第二阶段,各工序或系统针对暴露的参数问题进行调整。如:针对溶解工序所配置的萃原液的铀浓度、硝酸根浓度存在的不稳定现象,通过一个阶段的调整,萃原液的参数基本达到了设计要求;通过调整萃取塔频率、振幅等,稳定萃余水/负载有机相中的铀浓度通过一段时间的调试,纯化新线参数基本达到设计要求。自 9 月 27 日转入以达产达标为目标的第三阶段。在这一阶段,全生产线最后一个子项--结晶母液处理系统于 9 月 14 日完成单体验收,10 月 13 日开始试水,11 月 6 日进料试生产,经过近 7 个月的调试与整改,结晶母液处理工序达到设计要求,完成了第二阶段试车。

2011年6至2012年6月份,铀纯化新线试车的日子里,公司领导轮流带班在一线,参试员工们几乎没有休息过,日夜奋战在一线。二七二人都打起了十二分的精神,全身心投入到了新线安全顺利试车的攻坚战中。当时的铀纯化老线除了要稳定运行保证年度生产,还要为新线试车提供保障。员工们知道,这是二七二发展的关键时期。每位员工都很辛苦,公司领导们知道。在铀纯化的新生产线上,无论何时人们都会看到黄召、尚勇、刘浩等生产骨干奔波的身影。

有人问他们:"累吗?"

回答:"不累!"

"生产生活上遇到过什么困难吗?"

"没有!"

其实哪能不累,又哪能不难呢?他们之中,有的是一岁多的双胞胎在家,有的是母亲常年卧床。可为了实现新线顺利试车,他们将这一切都放置了一边。其实,他们只是纯化厂300多名员工的缩影。随着新线投入运行,产能扩大,扭亏为盈的战役打响了,白天人来人往,夜晚灯火通明。这样的人,这样的事,在二七二铀业大打扭亏攻坚战的岁月里数也数不清。

2011年9月的一个下午,由于厂外线路出现故障,导致整个厂区停电近10个小时,当时煅烧工段正在双炉生产,炉内温度高达800多度,岗位所有设备全部停止运行,如果不采取有力的措施,后果不堪设想。现场及时启动应急方案,所有当班人员立即分组进行盘炉,电停了,关键设备不停炉筒运转不能停。大家有条不紊、轮流操作盘炉机构,通过人力驱动炉筒运行,衣服湿了顾不上换,累了马上有人顶上来,口渴了,匆匆喝几口水,接着干。一个班过了,接班的同志接着来,这样坚持了9个多小时,直至用电恢复,确保了关键设备的万无一失。

产能达产达标

试车取得一次带料打通全流程并拿出合格"二氧化铀"产品的可喜成绩，工艺参数、产能在2011年底，已基本达到设计要求。

但是，这时候出现了产品磷、碳超标的情况，面对出现的这一重大问题，公司及纯化厂试车领导24小时对试车情况进行全程跟踪，为及时解决问题，每天定时召开两会（纯化厂试车领导小组专题会与公司试车领导小组专题会），对试车过程中暴露出来的问题，逐一进行落实，指定责任人并限期完成，对较难解决的问题，采取一事一办、特事特办的原则，使试车工作有序进行。在这期间，确定了导致产品磷、碳超标的根本原因，修改了结晶母液排放时的操作顺序，修改了晶体洗涤的操作规程，对结晶槽的液相出口管路、晶体洗涤槽、晶体备料槽、罐式过滤机等设备进行了技改，总分析室专门研究了磷、碳的快速分析方法……

通过各单位全力合作、周密计划、狠抓落实，解决了试生产中出现的问题，保证了新线达产达标如期完成既定目标，为二七二铀业再创辉煌，奠定坚实的基础。

验收成功

纯化新线项目2011年1月基本建成，2011年4月取得环保试运行批复，2011年10月取得核安全试运行许可证，进行试生产工作。2011年6月开始试车，当月打通工艺流程；7月至8月调整稳定各项参数、考察设备能力；9月份完成主工艺整改，达到70%产能，基本达到试车目标，并承担了部分生产任务，达到了验收标准。

纯化新线于2011年10月通过国防科工委和中核集团验收，产品全部达到设计标准。随后几个月的生产运行和指标考核表明,主要指标均优于设计值,其他指标均达到计划值。验收委员会认为:该技改工程的建设是成功的,技改后的生产线成为国内最大、最先进的生产线,其工艺和装备达到国际先进水平,其生产能力完全能够满足我国"十五"期间及之后若干年核电及核工业发展的需要。技改后的生产成本交将有较大幅度下降。

随着纯化新生产线第一桶产品下线,中核二七二铀业有限责任公司天然铀产能实现了翻两番,也就是这一年,二七二铀业公司实现扭亏为盈的目标。

走进转化

走进转化、走进二七二最具活力,充满希望,放飞梦想,启迪成功的分厂。

当你进入转化生产现场时,你就会被这里的气场所动。当你看到转化员工辛勤工作时,你会再次理解劳动的含义,看到先锋的力量是精神的力量,他可以战胜一切困难,创造一切奇迹。

转化厂 2014 年 3 月成立,已走过三个春秋。

岁月如诗,年华静好。这里有智者、有勇者、有铁人"周军",还有一大批敢闯敢干、有责任、有担当的人,他们的事迹鲜活灵动,真挚感人。

走进转化、走进现代的厂房,走进一个全新的世界,要成就梦想,去转化;要创造奇迹,去转化。你若不信,请随我走进转化。

——题记

转化厂一角

艰难中起步

转化就是将核品"二氧化铀"转化成"四氟化铀",再转换成"六氟化铀"。打造"纯化转化一体化"是二七二铀业转型升级,改革发展的新目标、新的愿景。

2017 年 8 月 30 日,我采访了公司副总蒋树武。

我问:"我们搞纯化搞了 50 多年了有成熟的工艺、过硬的技术,怎么想到建转化生线呢?"

蒋树武说:"根据集团产业布局,四 0 四建纯化厂,我们建转化厂,中核集团要打造南北两个产业基地。如果我们不做产业延伸,进行产业调整,二七二就只能够关闭破产。为了与国际接轨搞'纯化转化一体化',其主要原因是成本下降。"

转化厂由核工业第七设计院设计,总投资 3.2 亿(主要是国拨资金,自筹部分较少)。2009 年二七二开始着手转化筹建,当时项目组由胡锦明、周少明、刘伟林、肖少华、戴伯春、张平等七人组成,由于日本福岛核事故发生,往后推迟一年。对于有着 60 年光荣历史的二七二来说,企业意味着全新的考验:新技术、新工艺、新设备,一切都得从零开始。

2012 年 3 月,公司成立铀转化项目工作组,胡锦明同志任组长。二七二从各单位抽调了一批骨干进入工作组,他们是转化的先行官。此时,正处于可研报告准备"三同时"报告评审阶段。即:"环评、职业安全、职业卫生"预审、国防科工局与环保部终审接踵而来,审评专家对转化的可行性报告提出了数百个问题,涵盖多个设计与评价单位以及多个专业需要逐个落实。胡锦明带领工作组完成了所有的评审相关工作,并重新绘制设计图纸,整理形成了《铀转化工序手册》,编写了《铀转化资料调研报告》,为后期建设奠定了扎实的基础。

2012 年 9 月,又一批骨干从各单位借调到筹备组,在这批骨干队伍里,有现任转化副厂长尚勇、青工李帅等 10 人。10 当中有 7 人是 80 后的,一张张朝气蓬勃的青春面孔,在转化筹备组承担着各自的任务。

2014 年 3 月,转化厂成立。谌轶、胡映西、周少明、尚勇、郭明亮组成了转化第一届班子。这是二七二历史上,二级单位最强大的领导团队,他们懂管理、有技术,能担当。

办企业要有人才、要懂技术,要会管理。这是颠扑不破的真理。转化成立之初,厂长谌轶在班子会上说:"转化的重点工作是抓好三件事,即:培养骨干、员工竞聘和岗前培训。"

正因为班子成员分工明确,团队协作能力强,仅用一年多的时间,转化厂带出了一支特别能战斗的队伍,而且是攻无不克、战无不胜。为日后的转化试车打下了坚实的基础。

智眼识人　怪招育才

关于转化厂用怪招培养骨干，我很感兴趣。2017年6月，我采访了二七二副总工程师胡锦明。

他说："2012年9月，公司抽调十名入职仅一年的大学生并入转化工作组，我是从如何写会议纪教起的，让年轻人全面学习管理、技术等相关知识；让他们快点成熟，是我的责任。"胡锦明说很内敛，并非表功，但有几分坦然。在转化技术团队中，年轻人对他的评价很高。

青工欧阳毅说："如兄如父的关爱，让我们在一个温馨的环境中成长，他还独创了'学生讲课老师提问'的培养方式，使得团队学习风气盛行。通过加强制度建设，培养了团队严谨的工作作风。到2015年底，团队中8人通过了研究生考试，5人已开始研究生学习，2人被提拔为副处级干部，2人被提拔为主管，其他成员均成为转化工艺技术骨干。胡老师为人随和，是随时随地能帮助我们的好老师，大家遇到工艺技术难题都喜欢向他请教。"

欧阳毅是这批青工中成长最快的年轻人。

我们来读他的日记：2013年，我被借调到铀转化项目筹备组，从事项目前期的技术准备工作。在这里，我更多的发挥自己的专业知识，也了解了很多其他学科的内容。当时的筹备组一共17人，大部分都是30岁以下的年轻人，充满了青春活力。大家从事不同的专业，却抱着共同的目标——把铀转化项目由设计图纸变为现实。

那年国庆，我前往太原设计院参与项目设计的沟通协调工作，这是我人生中的第一次出差。独自留在设计院半余月，当时紧张兴奋的心情，至今记忆犹新。此后又先后前往北京环保部、科工局、地矿事业部以及西北、西南的兄弟单位出差学习，在这个过程中，我认识了许多新人，接触到很多新事物，看到了一个更广阔的天地，极大地开阔了我的视野，也让我对自己所从事的工作充满了自豪和荣耀，我把这份工作变成我奋斗的事业。

2015年元月，我成为了一名基层的管理人员，一段新的征程在我的面前展开。而今，我再也不是那个刚走出象牙塔的白衣少年了。5年时间的磨炼，我有了丰富的工作经验，也让我拥有了担起责任的勇气……从欧阳毅的日记中，我看到了一个年轻人成长的心路历程，他只是转化厂年轻人的缩影。之后，我又对其他青工进行了走访。

青工李帅说："初到项目组，对于我们来说，压力确实很大，很多人说转化是核三代的梦想。在这个梦想的起步阶段，我们这些借调来的青工成了第一批'吃螃蟹'的人，对于这个陌生的领域，几乎是两眼一抹黑，每个人都感到肩上的担子不轻……"

面对新工艺、新考验，时任转化组负责人胡锦明也有些犯难。这些青工专业不同，有的侧重工艺，有的侧重电气，还有的负责机械设备……虽然基本素质都比较过硬，但毕竟接触的是一个全新的领域，如果仅仅是让他们拿着书本和资料自学，靠个人琢磨，一定能达到良好的学习效果，但化工企业讲的是团队协作精神。

青工蔡舜阳说："胡老师是一个智眼识人的将才，既了解我们这批年轻人的长处，也深知我们的短板。但转化组分工不分家，每个人既是老师又是学生，每周我们都会在会议室集中学习，由一名同事结合自己近期所学的专业知识给大家上课，就讲课内容列出问题清单，并要求现场参加学习的人员一一回答。转化组参加学习的领导和其他同事也要进行现场点评。有时候我们会为了某一个设计细节的理解差异互不相让，争得面红耳赤。"

俗话说，不辩不明。很多人上课前都提心吊胆，怕讲课讲得不好被人'找碴'，因此都准备得非常充分，学习也格外认真。虽然在现场时大家会争执得很厉害，但是事后都感觉确实提高不少。这样的学习方式对教学双方来说，都是受益匪浅的。

蔡舜阳说得对，他们就是通过自学，取长补短。通过让每名青年员工轮岗当老师,深化了技术交流,加深了大家对有关技术问题的理解。如:"电解培训""废水培训""氟化工序培训""冷凝液化培训""暖通培训""自控培训""氢氟化培训"等……加快了学习进度。也就是胡锦明这种独创的'学生讲课老师提问'的培养方式,让这批年轻快速成长了起来,并在日后的工作中担负起责任。

招员工　立规矩　赛马不相马

改革永远在路上,这是二七二铀业对于企业一个新的理念。

2015年,一场轰轰烈烈深化企业内部改革的战役在二七二铀业公司打响,重新定岗定编,优化人力资源配置;实行全员竞聘上岗,实现职工优化组合;实行协议工资制度,彻底打破大锅饭。一颗颗"重磅炸弹"轰炸之下,很多职工甚至干部惊呼:动作太大了,步子太快了,改革过头了!

转化厂自2014年3月份成立以来,按照公司新单位、新机制的要求,率先在分厂内实行了改革,到2015年6月份,已经完成了全员选聘竞聘上岗和以岗定薪等系列改革,并按照新的管理、薪酬体系运行。作为公司本次改革急先锋和试金石,转化厂为全公司的改革积累了一定的经验。

科学谋划、周密部署是改革的前提。全员竞争上岗是一套系统工作,更是二七二有史以来的第一次,能否有效的推进实施关系到公司本次深化改革的成败。转化厂全体班子成员深感责任之大、担子之重。选聘工作领导小组经过数月的精心准备,制定了《转化厂定岗定编定员试行方案》、《转化厂薪酬试行方案》、《转化厂主管岗位选聘办法》、《转化厂值长、职能岗位选聘办法》和《转化厂操作技能岗位选聘办法》。无论是定岗定编定薪还是全员竞聘选聘,方案都详细地制定了工作程序、操作流程和时间安排、每一个环节、每一个步骤、每一个时间段都做了精心的布置,从而保证了整个竞聘工作的有序推进。

定岗、定编、定薪，"三定"谋定大原则。转化线设计定员 300 多人，本着科学高效的原则，转化厂多次组织对岗位及人员进行梳理，对每个岗位、每名员工、每个班次的工作进行了详细的测算，以事定岗，以岗定人，对相关岗位实行了兼顾整合。同时，转化厂大幅度减少管理人员职数，在严格控制职能岗位的同时，创造性地在实行车间领导下的值长带班制，取消传统的工段班组制度。几轮下来，硬是将定员减少几十人。为了真正体现多劳多得，打破分配上的"大锅饭"，转化厂根据公司改革的要求，带头进行薪酬体制改革，实行了以岗定薪的协议工资制。工资收入向技术要求高的主要工艺岗位倾斜，拉开岗位薪酬差距。职工按劳取酬、按实际操作技能取酬，取消各类名目繁多津补贴，彻底走出过去靠资历吃饭、靠"本本"拿钱，干得好的不如混得好的，干得多的不如职称高的"怪圈"。

《岗位说明书》让员工明明白白参加选岗。选岗前，转化厂对每个岗位进行了详细的阐述和说明，让员工全面了解转化厂每个岗位的工作内容以及教育背景、培训经历、工作技能、身体状况等几个方面的要求，并对岗位工作环境和安全性做了详细的阐述，对该岗位的薪酬作了详细的说明，制作了《岗位说明》并进行广泛地宣传，从而让每一名员工能客观地了解岗位并根据自身情况，有的放矢地选择相应的岗位参加竞聘。

全面动员，统一思想，让每一名员工了解改革，赢得大多数职工支持。改革是全员选岗能否顺利进行的基础和保证。转化厂通过全员选岗动员大会、调度会、工作例会、工段班组会等各种会议全面宣贯改革精神。同时，班子成员工作前移，组成了若干个工作小组，多次深入一线班组做好宣传发动工作。要求一是各工段要将选（竞）聘上岗精神逐字逐句传达到每一位职工，并将《选岗通知书》送达到每一名职工手中；二是要动员全体员工根据《操作技能岗位选聘办法》的选聘条件积极参与，在规定时间内递交报名表，确保全员选聘工作有序进行；三是要按照《岗位选聘办法》的要求，督促职工在尽职尽责做好本职工作的基础上，做好各项竞聘准备，实现安全生产与全员选聘两不误。对待确实因为自身身体等原因不适合转化线生产岗位的员工耐心做好解释工作，并积极主动地帮助他们联系协调其他单位安排合适的岗位上岗。积极有效的思想政治工作确保整个竞聘过程中职工思想的大局稳定。

积极有效地前期准备工作为全员竞聘工作打下了坚实的基础，在竞聘工作全面铺开后，得到了广大职工的积极参与和支持，各项工作井然有序，环环相扣，竞争上岗工作实现"高效率"。

"五个公开"实行阳光操作。在整个岗位竞聘过程中，转化厂牢牢把住人情关，全面实行阳光操作。做到：实施方案公开、岗位职数公开、岗位薪酬公开、选岗过程公开、员工选岗结果公开。全部原始资料档案完整，每个环节实现可追溯，随时接受职工监督。阳光操作赢得了职工的肯定和支持。

规范操作彰显公平公正。转化厂将"公开、平等、竞争、择优"作为本次全员竞聘上岗的原则，在实际过程中，班子成员率先垂范，所有工作集体研究，竞聘操作规范，坚持原则。在组织考试过程中，组织严密，对考试舞弊和违反《选岗办法》的3人坚决清理出考场，取消当批次录取资格。由于组织工作严谨细致，选岗工作的每一项工作环节都努力做到公平公正，得到员工们的充分肯定。

建立科学化考评体系，努力实现双向选择。在本次选岗过程中，转化厂建立一整套笔试、面试的职工综合素质考评体系，并增加职工与车间、值的沟通环节，既保证了在选聘过程中对职工评价的科学性和客观性，又充分尊重职工的个人选择。在组织理论考试过程中，转化厂从出题、考试安排、改卷、统分等各个环节都严密组织，标准化运行，考察员工对转化厂常用操作技能掌握情况及实际运用能力。而面试沟通环节，车间、值长与职工见面沟通，集体评议，重点考评职工的身体状况、思想状况和工作态度。

转化厂的全员选聘竞聘上岗工作已经告一段落，员工们已经投入到新的岗位参加岗位培训。从2015年6月1日起，转化厂统一按照新的协议薪酬制度执行。通过转化厂的选岗工作总结，我们能感受到，过程中的每一步他们迈得那么坚定,也是那么的艰难。

在这次选聘过程中,他们深受地改革的艰难,一是部分员工思想陈旧,"等、靠、要"意识严重,缺乏危机感,没有竞争意识;二是部分职工的不思进取、学习能力较差,"做一天和尚撞一天钟",混日子到退休,不想甚至抵触现状的改变;还有一些职工思想消极,否定一切,拒绝接受新生事物。更有部分员工集体或抱团抵制改革。这些都给公司接下来的不断的深化改革增加了难度。

为了确保协议工资制度有效执行,转化厂建立了明细的《绩效考核办法》分厂、车间、值三级指标明确,落实到每名员工。但从6月1日执行以来的情况来看,虽然赢得大部分职工的理解,但同样面临着一些阻力。主要体现还是在部分职工思想上对新机制、新常态的抵触,部分职工对严格管理抵触较大,认为这是在有意"整"工人;部分职工错误理解以岗定薪,认为岗位对应的薪酬就是我的钱,凭什么要扣我的钱,从而抵触考核。新旧思想的博弈在一段时间内依然存在。

公司党委书记姚泽军同志说:改革永远在路上。但改革之路永远是充满荆棘和坎坷的,深化改革改革不仅仅是机制的变革,更是思想和观念的博弈,改革将任重而道远。

抓培训　出实效　个个是英才

转化在完成"骨干培养和员工竞聘"后,腾出手来狠抓员工上岗前培训,员工培训由转化厂党总支书记胡映西亲自抓。

胡映西说,转化厂的人员结构十分复杂。有人打了一个比方:"要不年龄偏大,要不是表现不好。总之,主动来转化的人并不多。"

就是这么一个队伍,就是这么一个人员结构,还是东拼西凑,凑满了300人。

上了年纪的人，要他们静下心来听课，的确不是一件容易的事情。刚开始培训时，迟到、早退、请假的人较多。

授课的老师多数是年轻的大学生，一些老员工根本不把这些年青的老师放在眼里，认为小老师比自己的小孩还要少，干吗听他们啰唆。我混几年就要退休了。老师在上面讲课，他们在下面说小话。

胡书记说了一个笑话："多数员工是好样的，个别吊儿郎档的，就看你想不想管，是不是动真格的。"

胡映西说得对，所有的考核制度张贴在教室里："迟到、早退、缺课、请假、考试不及格，一律考核，与工资奖金挂钩。"学习风气一下子就变好了，尤其对于成建制划入转化的技术人员，个个在学习中争气，无论大考小考都是80-90分以上。学习风气好转了，老师讲课的信心更足了。

对于一些想学的老师傅，由于文化底子薄，眼睛不好的，困难较多。转化的领导与老师特别关照。对此，我采访了2015年的公司劳模金辉。

2014年，已过不惑的金辉做出了一个让人意想不到的决定——决定去转化厂。很多人都不看好，有好心人劝慰："你学历不高，又没干过化工工艺，人都40多岁了，还有10多年就退休了，折腾个啥？""真傻，有轻松日子不过！"……金辉看在眼里，记在心上，只是对他们笑笑，不作回答。

刚到转化厂的时候，一个个生疏的化学符号、一串串复杂的化学公式、一张张如蜘蛛网般的工艺流程图呈现在金辉眼前，犹如"天书"一般，他当时就傻眼了。但他从没想过打退堂鼓，而是暗下决心，重新当起了"读书郎"。还认了个比自己年纪小一大截的技术员王剑卫做"师傅"，虚心请教，不耻多问。除了白天上课，每天晚上还坚持学习2小时以上。他说"那时候做梦都梦到公式、图纸。"他后来回忆说。老婆也埋怨他："家务孩子都不管，你干脆搬到单位去算了……"他只是呵呵一笑，又继续看起了书。

就这样，六七百页的《铀转化工艺学》硬是被他"啃"得卷起了皮。终于功夫不负有心人，每月一次的测试，他都能达到90分以上，在有50余人参加的转化厂值班长选拔考试中，他脱颖而出，取得了第一名的好成绩。

依照"请进来，送出去"的培训模式，转化厂选送了两批共计40余名员工前往对口单位进行现场实操学习，肩负着回来"传道、授业、解惑"的重任，金辉就是其中的一员。

按照培训单位的作息时间，大家每天只能吃两餐饭。作为一个南方人，金辉不太适应当地的气候和饮食，用咸菜下饭、吃方便面、流鼻血、嘴唇开裂、手脚脱皮，他都不怕，怕的是在短短的培训期内，自己学不到真本事。每天跟班到现场，学习现场操作及故障处理，他主动虚心向师傅们请教；晚上回到宿舍，还要互相讨论当天所学的心得，将所学的内容归纳整理出来，凌晨一两点才睡是常有的事。

就这样，金辉与同事们一道，克服了重重困难，顺利地完成了培训任务。培训期间，他们共整理培训笔记达3万余字，积攒了宝贵的资料，为转化厂

现代化车间

全员培训、技术文件编制以及监装工作等打下了坚实的基础。对此,公司和转化厂的领导们一个个竖起了大拇指。

经过一年多的努力,如今的金辉也当起了老师、带起了徒弟。他带的值,45岁以上的员工占70%,全部都是零基础。他总是对大家说,"不怕零基础,就怕不用心,只要用心,没有干不好的事。"

为了让大家学得会、听得懂、掌握得快,金辉动了不少脑筋。他每天至少要花上两三个小时做备课资料,对着妻子、孩子"上课",让他们指出自己的不足;采用图文结合的方式,用不同颜色标记管道号;为了不耽误大家上课的时间,他经常提前1个多小时去教室把管道图画好;对个别基础差、理解慢的同事,他总是苦口婆心讲解,单独"开小灶"。值里的同事们说:"我们不好好学,都对不起金值长的良苦用心。"通过努力,全值一次性顺利通过了理论和取证考试。

2015年,金辉被评为公司劳模。面对荣誉,喜悦自然不用说,当问起他的心得时,金辉坦然依旧,"褚时健73岁都能重新创业,我才40多岁,只要想干事、敢干事、学会干事,用心就没有干不好的事。"

抓工程质量　火眼金睛

2016年4月,随着最后一颗螺丝的扭紧、最后一段管线的连接,在连续奋战了700多个日夜后,转化厂设备全部安检完毕,进入联动调试阶段。一台台新设备中,凝聚着工程质量守护神——监装小组成员无数的心血。

负责监装的有三名副厂长:尚勇、周少明、郭明亮。已过知天命之年的尚勇,从纯化到转化,早就练就了一身过硬的本领,作为一名技术干部尚勇对工艺的了解一般人是无法比拟的;在机动线上摸滚打多年的周少明、郭明亮,他们对设备的监测安装更是有自己的绝招。

尚勇说，一个好的监装人员，要对转化线的工艺、设备、电气、土建、安全环保等各个方面的标准和规范了如指掌，而监装小组刚成立时，人员大部分是从不同生产岗位抽调过来的，平均年龄超过 40 岁，知识水平参差不齐。而且，当时转化厂正面临着全面进入高速建设阶段，监装工作量大，现场环境复杂，这对监装人员的能力提出了更高的考验。

面对这样的困难，已经"奔五"的监装小组成员卢江给大家打气道："没事，不会咱就多花点时间学呗！"别人用一个小时学习，他就花上三四个钟头，没了白天黑夜，也没了节日假日，加班加点学习成了常态。在卢江的带动下，整个监装小组学习氛围浓厚，不仅白天就各种问题进行讨论，晚上还互相交流学习心得。就这样，经过一年多的不懈努力，监装小组人员做到了对于工艺操作程序倒背如流、工艺设计了然于胸、设计规范如数家珍。

"对质量问题一定要据理力争，绝不妥协！"这是监装小组一以贯之的工作态度。氟气管道口在施工完成后应该用盲板密封，但是施工方只用胶带简单进行了封存。监装小组成员周军发现后，一次又一次找到施工方和相关部门负责人，向他们阐明相关规范和利害关系，最终说服安装方对所有氟气管道口按规范重新进行了密封。面对这支"较真"的监装小组，施工单位对他们既敬又畏，敬佩他们的敬业和认真，畏惧他们的火眼金睛和"不依不饶"。

混凝土浇注施工期间，正好赶上南方的梅雨季，持续连绵的阴雨天气不但让监装小组成员风里来雨里去，还给现场监装造成了很大困难。工作一向严谨的小组成员周衡芳，为了让预埋的管线不被移动，一直冒雨协调混凝土浇注工作。一旁的施工员看到他浑身都湿透了，劝他休息会儿，等完工了再来检查。他却笑着说："没事，我身体好，这点雨不算什么。"那天直到凌晨，确定混凝土浇注未碰到任何管线，周衡芳才放心地回家了。

在监装期间，监装小组共发现问题几百个，提出优化建议几十条。谈及这支队伍，转化厂厂长谌轶说："正是有了他们辛勤的付出，后续的联动试车工作才有了坚实的保障。"

试车一次成功

2017年2月27日11时,转化厂大门前,彩旗飞扬,公司总经理谢凌峰、书记姚泽军,副总经理蒋树武、总工曾中贤等领导亲临转化现场。

二七二期待已久的振奋人心的时刻就要到了,时间在以分秒读取。大家举起了右手向司旗宣誓。

11时18分,总经理谢凌峰一声令下:"我宣布,铀转化生产线投料试车现在开始。"转化厂中控室内,所有人的眼光都聚焦到中控大屏。行车缓缓载

现代化车间

着第一桶四氟化铀产品到达立式氟化炉进料口，现场对讲机中传出声音："报告，电解制氟运行电流已达到 4 万安，可以点火！"

历时三年建设和调试的铀转化生产线开始了首次联动投料试车。11 时 25 分，中控室监控画面显示第一桶四氟化铀产品全部投入氟化炉中，供料螺旋旋转正常，现场 DCS 显示各项参数运行平稳。铀转化生产线首次投料试车一次点火成功，全面试车攻坚战正式打响。

"核安全是核工业的生命线。"试车前，公司严格遵循"三不开车"的原则，多次对影响开车安全的各类问题进行梳理和整改，并对设备设施进行了一次又一次的"体检"，员工对操作流程进行了一次又一次模拟操作，为的就是确保试车安全环保。中核四〇四公司、红华公司等兄弟单位专家也在应急、安全等方面帮助开展培训并提出多项建议，为保障铀转化生产线投料试车给予了积极支持。

2017 年 3 月 4 日 7 时 14 分，转化厂中控室内，连续忙碌了几昼夜的领导和员工们，目不转睛地盯着一级冷凝器称重器 DCS。数据一点一点往上升，当 DCS 显示收集六氟化铀产品已达到第一阶段预定收料计划值时，中控室所有人员都兴奋地跳了起来，"到了到了，可以收料了！"大家布满血丝的眼里闪烁着兴奋的光芒。

在收料的这几天中，二七二人用实际行动诠释了"同为试车，不分你我共进退"的精神。员工坚持把在值班内发现的问题解决了才下班，上班早下班晚成了普遍现象；值长 1 天 2 个班，管理人员、转化厂班子成员 1 天 3 个班成为大家不约而同的默契；还有像铀转化试车现场总指挥胡锦明那样一周上 3 个班——第 1 个班 16 小时，第 2 个班 36 小时，回家休息几个小时又立马来上第 3 个班——的公司领导们。就是在这种凝心聚力精神的共同感染和影响下，涌现了连上 3 个班"懒得回去"又"陪"上个班，眯一会又开始工作的小蔡；试车以来凌晨回家，清早上班，只能在下班后亲亲睡熟的 10 个月大儿子的"帅"主任；还有一直待在现场，直到小孩摔伤要送医院才请假把孩子送医院后立刻又回来的建堂……

通过前期的生产和冷凝均质，转化试车迎来了关键节点——取样分析。看着样品从管道进入取样器，在场人员的内心激动万分。取好样品，产品专运车进行运送，抵达转化产品验收实验室开始产品分析。等待让时间变得格外漫长。3月7日，第一次分析结果出来了——产品不合格。得到这个消息，公司立即召集技术骨干召开分析会。面对一张张强忍失落的面孔，党委书记姚泽军鼓励大伙："兄弟们，有问题不要泄气，我们要继续前行，向前冲！"一场地毯式排查随即展开。对于可能影响产品不合格的原因一一列出，再一一排除，细到每一根管线、每一个操作规程都严格检查分析，不放过丝毫的可能。

在边查边改中，他们开始了第二次产品分析。2017年3月16日17时28分，试验室分析员工填完产品数据的最后一笔，露出了喜悦的笑容——产品分析合格！这标志着铀转化试车成功生产出六氟化铀。历时3年建设和调试、18天联动试车的铀转化生产打赢了一场攻坚战。刹那间，弥漫在该生产线人员心头三年的焦灼和不安得到释放，开心和喜悦沿着微信、电话、短信的消息蔓延开来。

胡映西书记饱含深情地对大家说："辛苦了，谢谢！"

许多有人落下激动的泪水，眼泪，其实是清澈的。不管心里有多苦多难，但它不是懦弱，是执著；眼泪，让人知道善良，知道责任，懂得幸福，懂得珍惜，更懂得生活！心酸的时候，它是一首诗；勤劳的时候，它是一首歌；坚强的时候，它是一条路……我们付出辛勤的汗水，最终收获了硕果。虽然还有更大的挑战在前方，但我们的信心却更加饱满。

第 *5* 部分
强企
魅力铀城
MEI LI YOU CHENG 先锋谱

　　六十年,感动衡阳铀厂的劳动者:用先锋的价值构筑文化的价值。先锋的力量是无穷的,先锋的价值是无限的。

　　先锋的力量是精神的力量,同时也是构建社会主义核心价值观的展示!

　　《魅力铀城》就是提升人们的文化自觉和文化自信。唯精神可以不灭,唯文化可以传代!

勇立潮头　舍我其谁

——勇于进取 开拓创新的好厂长刘敬裘

人物名片：

刘敬裘同志，男，江苏丹阳市人，1934 年 8 月出生，大学文化，高级工程师，中共党员。1959 年 2 月参加工作，历任技术员、试验车间主任、生产技术科长、副总工程师、副厂长兼总工程师，1983 年担任厂长，1985 年荣获核工业部劳模荣誉。

1985 年，刘敬裘同志年过 50 岁。在厂工作 27 年间，他坚持走艰苦奋斗，开拓前进的道路。依靠党组织，依靠干部群众，尊重科学技术知识，大胆进取，改进工艺流程，在他任生产技术科长期间，他提出的微酸性热水反萃取铀硝酸——热水淋洗饱及用薄膜干燥器生产出口黄饼等建议均获得国防科委、核工业部的奖励。

1978 年他出席湖南省科学大会和全国科学大会。1983 年担任厂长以来，他带领全厂职工大搞企业整顿，开展创"六好企业"创建活动，经过努力，在部、省验收中，二七二厂达到一类企业标准，1984 年被核工业部评为"六好企业"，湖南省人民政府授予"改革整顿先进单位。"

1959 年刘敬裘同志调到二七二厂，组织上分配他去分析室工作，他愉快地接受了工作安排，在分析岗位将自己所学的东西全部发挥了出来，他年青，有知识、有文化，那个时候许多分析方法仍在建立之中，面对一项项新课题，他反复试验，为力求一个数据的准确性，经常加班，多少个日日夜夜在工作中流逝了，一项项难题被攻克了，终于使纯化试验数据获得了令人满意的结果。

1962年纯化生产线的设备正在安装中，他就拿出了第一批合格的纯化试验产品。紧接着他针对萃取塔用什么材料做垫片，以及反萃取塔出现的腐蚀现象和防止萃取乳化等一系列问题。在与同志们经过两个多月的奋战后，得出了采取聚乙烯作垫片不易氧化的正确结论，以保证了铀厂生产顺利进行。

1977年，厂里积累着100多吨＊＊浓缩物。当时，似乎无法处理，大部分人的意见是推给别的单位了事，可刘敬裘却提出了不同的看法。他说：我们应该利用我厂的优势，发挥工程技术人员的作用，多想办法，尽快处理。接着和大家一起研究具体实施方案，在他的精心组织指导下，一鼓作气攻下了这个难关。

1979年，刘敬裘任副厂长兼总工程师，外商想买我厂的黄饼，当时，由于我们的烘干技术不够，上级决定用100万美元向国外进口一台干燥机。在这个问题上，刘敬裘反复思索后，认为外国要黄饼是暂时的，一旦黄饼不要了，100万美元的设备就会滞死生锈。想到这些，他当机立断，向上级提出自己动手制造干燥机。在一次会上，他打听衡阳化工研究所有一台比较原始的干燥机，但稍加改造，完全可以用来生产黄饼。于是他回厂后多次召开会议，在他和有关同志的共同努力下，很快制造出了薄膜干燥剂，生产出了合格的产品，为国家节省外汇35万美元。

在此期间，刘敬裘还通过对大量的试验生产数据和有关参考资料分析，进一步对我厂淋洗铀的反应通过程提出了采用硝酸——热水、静力、动力淋洗相结合的方式进行淋洗铀的建议。经试验生产，每年可节约资金

120 万元。

刘敬裘同志，1983 年担任厂长后，他锐意改革，敢于创造，大抓企业管理。作出了向管理要效益，向转民要效益，向技术进步要效益的重大决策。在我厂军品生产任务下降，原材料不断涨价的情况下，连年超额完成国家利润计划，各项经济技术指标不断刷新。84 年完成上级下达包干利润的 127.2%，上缴利润完成计划的 109.2%，十种主要化工原料消耗全部优于计划指标，其中有六项优于 83 年的实际水平，创历史新高。

与此同时，他还率领全厂职工开展多品种、多层次、多渠道的民品与劳务创新工作，84 年核工业部授予我厂转民先进单位称号。

在争创"六好"企业中，刘敬裘大胆抓改革，先后实行了干部逐级聘用制、任期制、内部经济责任制和经济承包。

刘敬裘十分重视企业的管理素质，在 83 年全面建立健全各项规章制度的基础上，又在全厂普遍推行工作标准化、程序化，实行了垂直领导，逐级负责制，使整个工作有条不紊。同年我厂核品获"国家银质奖"。

几十年来，他对工作认真负责，对同志满腔热情。他担任厂长以来，工作虽忙，但总是挤时间深入生产现场，同车间、班组职工沟通、交流，他态度和蔼，平易近人。

在对待个人利益问题上，刘敬裘也是严格要求自己，从不计较个人得失。1979 年，厂里有 2% 的工资调级，当时考虑过他，但他觉得调级面太少，便主动让给别人。后不久，又有 40% 的升级面，厂领导成员有四人应该调级，但只有三个指标，刘敬裘见此情况，又让给了其他人。春节前夕，厂里有些单位给他送来"红包"，他坚决拒收了，并转告其他领导也不要收。

敢于实践的带头人

人物名片：

龙云枨同志，男，湖南新邵县人，1938年8月出生，大学文化，高级工程师，中共党员。1963年2月参加工作，历任二车间副主任、主任、二七二厂副厂长、纪委书记。1985年荣获核工业部劳模荣誉。

龙云枨是清华大学六二届毕业生，作为二车间主任，他进厂20多年来，总是以强烈的事业心，和高度的责任感，勤奋学习，刻苦钻研，敢于探索，敢于实践。搞技术革新，成果累累，抓生产管理，敢创新路，为生产建设做出了贡献，发挥了自己的聪明才智。党的十一届三中全会以来，在车间科技人员和工人师傅的支持和共同努力下，他亲自参加和提出建设的技术革新项目近50项。据统计，这些项目共节水200万吨，节电3万多度，节约蒸汽100多吨，降低检修费用约70万元万。在他的领导下，1984年二车间有9项技术经济指标创历史新高，军品生产创经济效益100多万元，民品收入3万多元。由于他的工作成绩出色，1984年被衡阳市委授予优秀党员的光荣称号，1985年荣获核工业部劳动模范。

一心扑在工作上

龙云枨进厂以来，就一直在生产车间工作，长年累月和矿浆、物料、泥水打交道，积劳成疾，身患多种疾病：十二指肠、肺结核胸膜炎和皮肤病，多次因胃出血住院……领导为了照顾他，要他去管理科室，他都婉言谢绝了领导的好意。也曾有人劝他离开这个倒霉的车间，去搞他的给排水专业，但他总是笑笑说："知识是党和人民给的，要把所学的知识奉还给党和人民，奉献给热爱的事业。"

1983年10月，爱人患病住院三个多月，自己也病了，家里还有三个年幼的孩子照顾病人和小孩的家庭重担全都落在了自己的身上，当时车间配置岗位搬迁，改造工程正在紧张进行，为了不影响工作，他把一天三顿饭一次性做好，晚上搞好家务，安排好孩子入睡后，挤出时间查找资料，并计划好第二天该做的事工作。

1984年4月的一天，他突发胃出血，医生强行让他住院，可他在住院期间仍然早出晚归，打完吊针就回办公室工作。

革新挖潜治三虎

二车间是全厂的"水电气"用量的大户，能源消耗在50%以上，曾有水电气三虎之称。

为制服三虎，节约能源。龙云枨白天奔波于各个岗位收集生产数据，晚上整理后。便一头钻进科技图书馆查阅参考资料，他与技术人员、工人们一起研究，反复实践三改供水、管网，减少装机容量125kw每/小时，可节水145吨用水，制服了第一虎；对分级洗涤系统、矿运输系统、通风系统等，进行了一系列改革，大大降低了用电量。如：尾矿输送泵由1981年的每吨矿用电

2.7 度下降到每吨矿用电 1.8 度左右,制服了第二虎;为了解决浸出塔余热,利用这个难题,他参考了有关资料研究设计旋流板塔,将浸出塔外排废气的用水,原矿浆预热,使旋流器溢流矿浆,温度提高三十多度,这一成果在生产中推广应用后,每年可节约蒸汽 1 万多吨,价值 10 万余元,制服了第三虎。

依靠科学抓管理

1978 年以来,他和同志们一道动手编制了数万字的设备管道检修质量标准,制定了检修工种的工时定额,收集整理分析了多年设备备品材料消耗情况,制定了设备检修成本定额草案,1981 年后,在厂内首先试行检修成本考核,取得较为明显的效果,从而在全车间形成了一个设备自检和专业检测相结合的质量检修网,确保了车间设备完好率由 78 年的 80.4% 上升到 84 年的 96.2%。

龙云栋认为,没有严格的要求和严肃认真的工作作风,再好的制度也难以坚持下去,在贯彻落实经济责任制方面,他以身作则,敢做敢管,干部群众一视同仁。如一名技术干部探家不符合手续,按考勤制度,他硬是给予了旷工处置。

技术干部骂他,书呆子、迂腐,不通人情。

他笑了笑说:"考核制度必须执行,我对你没意见。"

在他的影响下,车间各级干部从严要求,赏罚分明,使各项规章制度得到有效的执行,83 年、84 年连续两年,在全厂现场整顿和劳动竞赛中名列前茅。

企业在改革中不断前进。1985 年 1 月至 5 月,龙云栋所在的车间已实现综合效益 44 万元,为实现年创百万元目标打下良好基础,他决心以更高的工作热情,脚踏实地的工作,当好车间的带头人。

国企闯新途

人物名片：

万克松同志，男，湖南衡阳人，1953 年 4 月出生，高中文化，中共党员。1972 年 11 月参加工作，历任一〇三车间副主任、主任、纯化分厂副厂长、分党委书记等职务，1998 年被中国核工业总公司授予核工业劳动模范称号。

坐落在湘江南岸的二七二厂是核工业下属的龙头企业之一，同时也是核工业产业链中一个不可缺少的重要环节。当 1964 年 10 月 16 日中国第一颗原子弹成功爆炸时，这其中就凝聚着二七二厂干部职工的心血。

由于生产的特殊性以及保密性的需要，很少有人涉足于此领域的研究。进入新世纪，国家产业结构进行调整，为了适应核电发展的需要，走过艰辛而又创造辉煌的二七二人通过自主创新与挖掘流程的潜力相结合，在不到两年的时间内生产出了合格的"核电产品"，为我国核电建设的起步与发展做出了突出贡献。

没有借口　使命必达

二七二厂铀纯化生产线自 1962 年 9 月建成投产至 1996 年,工厂的铀生产已经持续了 34 年。在这漫长的岁月里,从事铀生产与科研的二七二人一步一个脚印将铀生产推向一个又一个高峰。

九十年代中期,二七二厂的水冶生产线关停后,保留了铀纯化生产线,它是我国唯一的一条生产线,在核产业链中居十分重要的地位。由于生产原料发生了重大变化。因此,必须对纯化生产线进行技术改造,完善精制工艺,更新设备,提高自动化水平,实现废水处理自成体系,达到高产、优质、低耗、安全目的,以满足国家对核电发展的需求,是工厂的当务之急。时任纯化车间副主任的万克松被委以重任。1990 年二七二厂成立了核电二氧化铀开发试验组。在分析方法尚未全部建立以前,首先对生产过程各工序的除杂质能力以及军用二氧化铀和核电二氧化铀质量指标的差距进行调查,做到目标准确、情况明了。与此同时进行小型试验,确定了试生产方案后,纯化车间于 1990 年 12 月试产了小量符合质量标准的核电纯二氧化铀产品,为 1991 年争取新产品生产权打开了局面。

1991 年初,二七二厂从实际出发,在调研、试验和试生产成功的基础上,决定进行生产试验。为此,成立了以厂长、总工程师为正副组长,由生产处、科技处、研究所、铀分厂和计检处等单位领导参加的技术攻关领导小组,及时研究解决核电级二氧化铀研制生产过程中的技术问题。万克松同志主动承担核电级二氧化铀试生产重任。

在那个寒冷的冬季里,他组织带领十几号人,动员车间一百多人,凭借一份用户提供的标准、精制的设备、复查的工艺,开始了长达数月的试验。四千多个工时,凝聚着无数同志的心血。似乎每一个细节都是在相互的提醒中发现,调查工作是他们做的,试验工作是他们做的,生产准备是他们做的。

万克松同志后回忆说："那是一段艰苦的岁月，一切都得靠自己，没有外援、没有可供借鉴的资料。经过几个月的生产准备，到1991年2月28日，开始了核电'二氧化铀'试生产。五天后终于生产出了产品，由于对把握工艺有一个过程，生产出的前四批产品，5项非金属元素和21项金属元素总量全部超标。分析结果表明，造成杂项元素超标的主要原因是水质引起的。"

纯化车间当即制定改进措施，迅速组织技术人员和生产骨干，开展工艺流程调查，认真分析每一个环节有可能出现的问题，查找原因；改装供水系统，对萃取以后的工艺用水全部改用锅炉房供应的软化水，组织动员了100多人，两天内完成了分布各生产岗位长达300多米的软水管铺设；加强管理和工序控制，减少杂质夹带，提高纯化能力。随着产量的增加，又发现有两项元素含量不稳定，解决的办法是降低煅烧炉的生产能力或适当提高煅烧炉的温度，基本上解决了两项元素含量不稳定问题。

1991年3月，中核总公司正式给二七二厂下达了生产--瓶核电级"二氧化铀"任务。至1991年10月20日纯化车间提前完成了任务，产品质量检验结果全部合格，而且达到国际同类产品的先进水平，至此，工厂争取到了核电二氧化铀生产权，为我国核工业产品填补了一项空白，为核电事业的发展和企业自身的生存与发展开辟了前进的道路。

十几年来，二七二厂的第二代创业人，以万克松为代表的纯化分厂干部职工，他们就像一队长途跋涉的猎人，大胆地闯过荆棘满布的丛林，越过川流不息的时间，趟过逝者如斯的河流，他们走得风尘仆仆，沉着稳健、自强不息……

面对挑战　再创辉煌

为了适应核电生产的需求与发展，二七二厂纯化分厂于1996年3月份成立（原三车间，后改为纯化分厂）。1997年7月二七二厂率先萃取工序进行改造。此时万克松同志已纯化分厂党委书记兼副厂长,他主管生产与机动,他主动挑起了这次技改的大梁。由于是在原厂房内进行技改,纯化分厂在厂科研单位技术人员的帮助下,共同制订了缜密的施工网络图,一切按照网络图施工。

万克松同志带领机电修工段 80 余人,开始长达数月的苦战,他们克服了边生产、边技改,设备配置间隔小、管网交织密集等困难,化解了技改与生产、技改与安全的矛盾,做到了技改与生产"两不误、两促进"。经过两年零两个月的紧张施工,顺利完成了萃取工序的改造并通过验收。

与此同时,二七二厂开始了纯化新线建设,国家投资了数千万元。在各兄弟单位的大力协助下,拉开了那一个惊心动魄的场面。

熟悉的面孔,平凡的岗位,紧张而有序的工作,充满着对党的事业希望与憧憬。在加速新流程的技改过程中,在烈日炎炎的天气里,在繁重的体力劳动下,许多人疲惫了,困倦了,但却没有倒下。万克松同志以一个平常人的心态,以一颗对企业的无私奉献之心,埋头苦干,扎实工作。

2000 年萃取新流程相继试车成功,技改后的新流程达到了国际水平。并通过了国防科工委和中核集团总公司的验收。认为二七二厂铀纯化技术改造工程,建设是成功的,工程设计合理,工艺先进,技术可靠。技改后工艺和装备达到国际先进水平,产品纯度可达到陶瓷级二氧化铀的要求。各项消耗指标达到设计水平,自动化水平大大提高,生产成本有较大幅度降低。外排废水体积大幅度减少,环保辐射防护、职业安全卫生等措施得到改善,三废排放达到国家标准。可以满足"十五"期间和之后若干年国家对天然铀纯化能力的要求。

紧接着二七二厂又对纯化老线进行了"产能填平补齐"工作,实现了溶解岗位搬迁,将生产能力提高一倍;增加六个溶解液澄清槽;沉淀、转化结晶增加一条生产线;煅烧工序增加由离心机、煅烧炉、冷却炉、收尘系统所组成的一条煅烧生产线;增加蒸馏残液处理线;真空系统搬迁;改造了通风系统;

产品暂存区和扩建检修棚；把分散的配电系统改成集中配电等等。"产能填平补齐"完工后，纯化生产线产能提高了一倍，产品质量水平上升了近7个百分点，回收率水平接近了极限值，原材料水平下降了20%以上。

在万克松书记的带领下，纯化分厂这一支铁打的部队，每年都是提前完成生产计划。他们知道，工厂的命运是与他们连在一起的，无论是过去、现在或是将来，他们都是企业的中流砥柱，是核工业发展的希望与明天，是不倒的丰碑。

无悔人生

人物名片：

范石坚同志，男，湖南醴陵县人，1938年3月出生，初中文化，化工技师，中共党员。1958年参加工作，1991年被中华全国总工会授予全国优秀生产能手称号、获五一劳动奖章。

1991年4月28日上午10时许，一辆蓝色的桑塔纳轿车开进了二七二厂招待所。

这一个阳光明媚的日子，载誉而归的范石坚从蓝色的轿车走出。在这里等候已久的二七二的党委书记姚耕陶，厂长胡海泉和工会主席吴鉴良立即迎了上去，他们一个个紧紧地握住车内那双微微发颤的手——

"老范，我们代表全厂职工欢迎你载誉归来。"

"老范，辛苦了！"

范石坚心潮澎湃，百感交集。他转过身，从包里掏出一只紫色缎面小盒，打开，送到领导们的跟前。一枚金光灿烂的奖牌——中华全国总工会颁发的"全国五一劳动奖章"赫然展现在人们面前。顿时，如潮般的掌声响彻了招待大院。

范石坚激动得热泪盈眶，写满风霜的脸上却绽开了如菊的笑容。大家都十分清楚："这枚奖章，是对老范几十年如一日潜心钻研和无私奉献的最好奖赏！"

范石坚1958年参加工作是在湖南醴陵南桥煤矿当电工，后来又调到湘潭鸡公山煤矿和湘潭专区机修安装队，1963年5月调入国营二七二厂102车间任钳工技师。30年后，在二七二厂的同龄人中，没有几个人不识老范。人们只要看到他穿一身半旧不新蓝色工服，骑一个28型的单车往厂区赶，就知道厂里设备又出故障了。

范石坚出生在农村，虽然文化程度不高，但他天生有一股子钻劲，爱学习，善动脑。调入二七二厂的主要原因，是因为他精湛的机电维修技术，使他成为核工业队伍中的一员。能够献身于祖国国防事业而感到骄傲自豪。

范石坚到二七二上班的第一天就遇到设备故障，吸附塔一台运送泵坏了，当时他已经下班，组长把他从澡堂喊了回去。他没有多说话，重新穿好工作服来到了生产现场。

组长对他说："你是新人，本来不想叫你，但听说你技术很好，我怕我师徒俩搞不了，所以请你来加一个班。"

范石坚从澡堂出来，边走边说："组长，你不要客气，我们是一个整体，设备坏了，当然要及时抢修，加个班没有问题。"

一会儿，范石坚背着工具袋尾随着组长师徒二人来到了故障点，他让岗位工开一下电机，自己随手拿出一把螺丝刀对着泵轴一听，笑了笑说："马上就能修好。"

站在一旁的徒弟疑惑地问，您找到原因了？

范石坚肯定地回答："是的。"

"什么原因呢？"

"轴承坏了！"

"你怎么知道轴承坏了呢？"

"听声音，就能听出来的。"

于是，范石坚把巡检机械设备运行的要点，一五一十地向年轻的徒弟讲解着。这时，组长已从仓库领来了备件。

三十年后，老范在回忆第一次参加设备检修时的情景，仍然笑得那么从容。

他说，那台泵，平常大修时都要4个人。因为，是二车间的巨无霸，它不仅仅体积大，还特别重，要从几米下的槽内用电动葫芦吊出来。因为，年轻体力好，胆大心细。后来，车间主任来了，安全员、技术员、生产调度都来帮忙。他们硬是啃下了那个硬骨头。

他记得晚饭是在工地上吃的，是车间送的白面馒头，而送了蛋花汤。三个小时后，生产恢复正常，车间主任对他竖起了大姆子。

下班时，他走在回家的大马路上，一丝凉风拂面而来，他感到十分的惬意。也就在那一刻，年轻的心田，播下的就是一颗无私奉献的种子。

1964年10月16日，罗布泊上空那一惊天动地的蘑菇升起时，中国向世界庄严宣告，中国第一颗原子弹爆炸成功，范石坚激动不已。那天，他邀请了几个同乡，把各自从食堂里买来的饭菜凑在一起，又买了酒，在宿舍里围桌庆贺中国第一颗原子弹的诞生。

从未喝过酒的他第一次在同乡们欢乐的祝酒声中开怀畅饮，一醉方休。朦胧中。他仿佛觉得自己在二七二厂所洒下汗水也化作了一朵壮丽的蘑菇云。是的，从踏进二七二厂门槛那一刻起，他就把自己与核工业事业融为一体，他投入工作的那个冲劲，就像那个狂热年代的"冲击波"。

一晃过去了三十多年，范石坚始终不渝地实践着自己的誓言，初衷不改。先后20多次在二七二厂评为先进生产者、生产能手、质量能手、革新能手等，1990年被评为厂劳动模范，1991被全国总工会、国家计委授予"全国合理化建议和技术改进活动积极分子'称号，1991年被中华全国总工会授予全国优秀生产能手称号、获五一劳动奖章。

有人说,把事业推向顶峰的是汗水。

我说,一个人能够走向辉煌,他的背后常常有一个奉献的妻子。如果透过那层令人目眩的光环,就一定能够大彻大悟到哲人说的话:个人的奉献常常捎带着家庭做出的牺牲!

范石坚的家在醴陵乡下最偏僻的小山村,而范家又是这个村子里困难户。父母年迈,孩子年幼,妻子体弱多病。在这杆瘦弱的身体上,却有着坚强意志。当年,他的妻子曾是村里的妇女主任。家里再穷再苦再累,也是咬紧牙关挺住,一个人默默地承受,担起了生活的重压。心好的邻居劝她:"看你累成这个样子,让人心疼。丈夫在湖南一厂工作,那么好的条件,怎么不让他接你去厂子住一段时间,把身体调养好呢?"妻子总是笑着摇头:他厂里事多,丢不开,哪能让他再为家里分心呢?

多好的妻子啊!

都说,长的是苦难,苦的是人生。

人不是钢铁铸成的。血肉之躯难敌生活的重压。终于,妻子病倒了,而且是一病不起。在厂里的关怀下,范石坚把妻子接到厂医院治疗,工作之余尽量悉心照料妻子。

开朗的妻子总是劝他:"老范,你安心工作吧!我的身体不要紧,慢慢调养就好了。"

那段时间,妻子也没有空闲,在西山,开垦几块荒地,种了好多的蔬菜。

一家人酽酽地生活在一起,既温馨,又幸福。都说,太过顺利的人生,并不是好的人生。沧桑蘸墨是什么?是人生的经历、阅历与提炼。

然而,好景不长,妻子病情突然加重。送到 415 医院抢救,在妻子病危住院期间,他仍然坚持每天上班,下班后,买两个馒头,边走边啃,坐车赶到医院照料。

妻子深情地对他说:老范,上班那么辛苦,别每天都赶来医院,我的病能拖,这几年死不了。

他永远也忘不了那一天，他突击抢修好车间的一台挂件机，下班时，已是晚上六点多了，他急匆匆地来到车站，坐上最后一趟班车赶到医院护理妻子。就在那一天夜里，妻子却无声无息地在他怀里永远安详地睡着了，就像熬干了油的灯芯，在那个令人心碎的寒夜里倏地熄灭了生命之火。

他的心仿佛有千万条毒虫在啃噬，仿佛万千条鞭子的抽打。他是对不起妻子的，这风一程，雨一程的相伴……变成精精剪剪光阴的薄凉。这平凡的生活，却藏着强大的爱。他伸手抚摸着已经僵冷的妻子，终始千呼万唤，妻子也是不会再回来了。顷刻，他泪如泉涌，心似裂帛！懂事的孩子摇着父亲的手臂，说："爸，爸爸，别哭了。妈妈生前说过，只要你能安心工作，她就可以走好了。"

这时，他才明白这种鲜活的力量是靠什么来支撑的?！尤其是对一个有了几个孩子的母亲来说，每天考虑是柴米油盐酱醋茶七宝俱备，外加孩子的读书费，是否穿得暖，不生病，丈夫的工作是否顺利。

生活百味，味味自品。总有那么一些的时候，妻子想放下一切，却放不下。只是这烟火红尘，牵绊了太多。说是欲望也罢，说是责任也罢。妻子这一杆瘦弱的身体，却承担了太多的情非得已，太多的无奈与无力！那一抹忧伤，在瑟瑟的秋风里摇摆。默然回首，已过去了好多年。

……

如今，妻子逝世已近10年，范石坚已取得了令人瞩目的成就。值得高兴的是，他可以告慰亡妻，她的丈夫没有让她失望！

……

斗转星移，沧桑海田。

范石坚是在生满华发的年龄从军工生产一线走到转民的大潮中，从军品来民品，身份没有转换，但是角色转换了。

据有心人统计，范石坚在化工分厂工作五年间，节假日、平常加班、年休假，加起来，超过350天，等于老范五年时间上了六年班。五年间，完成了多项合理化建议和技术革新,经有关部门考核认证,获经济效益70多万元。

范石坚在报纸上出名了,电视里有影,广播里有声。我们来看他是如何感恩企业的。荣获"全国五一劳动奖章"的范石坚,一下子名气在铀城传开了。

衡阳有几家企业的负责人专程来二七二访拜他:有人请他去做技术指导,每月5000元,甚至有人喊到了8000元(那时二七二厂的工资不到2000无);还有某大厂子委派一名"特使"来找他,开出了优厚的条件。房子、金钱……都被范石坚一一回绝了。

这就是范石坚,一个真实的老范。在他的人生字典里写了"感恩"与"感激"两个字,国家给予了他这么高的荣誉。他在二七二厂生活了大半辈子,他离不开它。是的,他离不开这片炙热的土地,他的点点滴滴,喜怒哀乐,欢笑愁苦……甚至生命都与这方山水息息相关。也决不后悔自己孜孜以求30多年的核工业事业,更不会懊悔自己为之作出的抉择。

他,无愧于他的人生!

战线上的排头兵

人物名片：

康华秋同志，男，湖南衡山县人，1953年7月出生，初中文化，中共党员。1972年11月参加工作，历任纯化厂组长、煅烧工段长等职务。2005年被中国国防邮电工会、中核集团公司授予核工业集团公司劳动模范称号。

煅烧工序是二七二厂为数不多的关键岗位之一，是核产品生产的最后一道工序，左右着产品质量的优劣。该工段有职工35人，平均年龄为36岁。康华秋同志是一名不脱产的："兵头将尾"，多年来一直工作在煅烧生产一线与班组职工同倒班同劳动。

以身作则，情意待人，带出了一支特别能战斗的队伍

在煅烧系统摸爬滚打多年的康华秋同志积累了丰富的工作经验，在这个方面可以称得上是个行家。从主控室到煅烧炉，那二十几步台阶，已踏上无数个印记，每一组按钮、每一个阀门、每一台设备，他都了如指掌。

如歌的岁月使他倾注了全部精力。2003年，生产任务是生产线设计的1.4倍，面对着前所未有的生产任务，康华秋同志深感责任重于泰山。为了确保生产不出差错，为了保证完成生产任务。康华秋同志经过周密测算，决定依靠挖掘人的潜力来实现产量突破。他知人善用，大胆启用新人，让年轻的技术全面精力旺盛的青工担任组长，负起责任；他运用制度对生产、质量和劳动纪律进行严格的管理考核，向管理要效益；他将生产控制参数、设备维护保养分解到个人，辅以激励手段加以实施，职工的工作责任心、积极性都不同程度的得到调动，工作中增加巡检次数、仔细操作对工艺参数精益求精、主动回收散落产品成为了人们的自觉行动。职工的工作干劲被充分的调动，生产奇迹随之出现：提前半月完成全年生产任务，各项生产指标优于上年，节约生产费用近40万元。

近几年来，由于工段退休人员较多，职工不断更新交替，许多新上岗的工人对工艺流程不了解，对设备不熟悉，无法配合分厂开车，因此，造成了人员断层现象比较严重。为了尽快培养出合格的操作人员，康华秋同志将自己几十年来所积累的经验与所学的技术无所保留地交给大家，使他们在较短的时间内就掌握了工艺、设备的操作规程。

常年工作在基层的他更喜欢"人情化"待"兵"，2004年，工段调入一名重新上岗青工较"调皮"，出工不出力，康华秋同志没有简单的进行"封杀。"乘他与别人因发生口角被刺伤住院的机会，康华秋同志几次进行探望，苦口婆心的劝导，使得这位青工大彻大悟，从此一改旧貌，成为生产骨干。

另一位职工因家庭矛盾在生产最忙时离家出走，康华秋同志得知后二话没有说，四处托人打听，到处打电话联系，几经周折与之取得联系，一番劝说之后，员工立即返厂，不仅化解了家庭矛盾，而且赢得了宝贵的人力，家属感激不尽。

工作之余，康华秋同志经常与工段职工交流感情，对生产中出现的疑难问题，多方听取意见，并善于总结，从而使班组管理逐步从无序管理过渡到有序管理,培养了工段职工的自律意识,确保了产品产量、质量和实物回收率的稳步上升。

吃苦耐劳、淡泊名利,堪称铀业人楷模

在二七二厂,提到康华秋同志没有不竖大拇指的。稍有常识的人都知道,从事核生产意味着什么?而煅烧岗位恰恰是放射性强度最高的地方,不论采取何种防护措施,也难免对人体造成伤害,对于经常跟产品打道的康华秋而言,危害之大可以想象。

工作中不论是炉子的抢修、收尘装置的修理,还是装桶、倒桶等,康华秋同志总是率先干的人。2004 年,纯化煅烧炉的抢修就多达 8 次。每一次抢修煅烧炉之前,康华秋同志总是走在职工的前列,他有条不紊地组织好停炉,认真清理好现场,为机电修人员抢修炉子作好充分准备,炉子修好以后,他也是最先一个爬上炉顶,清炉膛、疏通炉气、整理收尘装置;似乎钻收尘箱,回收产品已成为了康华秋个人的专利,他瘦小的身材常常一钻进去就是一个多小时,从不管地方狭窄,不顾剂量高、环境差,总是一铲一铲,一桶一桶地从收尘箱里将回收的产品掏出来。有时不是他的工作,只要是比较脏、累的活,他都抢着干,而且,只要是他一人能干下来的,决不让别人去干,常常是活干完了,人也沾了不少"产品"的光。分厂领导看在眼里、痛在心上,劝他注意工作方法,分配给其他同志干,他总是说:"年长,多干是应该的。"为此,他的家人多次要求他调离本岗位,都被他拒绝了。

如:2003 年 10 月 5 日深夜,煅烧 3# 炉炉筒跳动很大,当他得知这一情况后,即刻赶赴现场,并要求停炉检查,正是因为有了他这一要求,采取了补救措施,才使 3# 炉及时得到检修,避免了更大的问题出现。如:(炉筒整体断裂、产品在炉筒内出不来、产品质量不合格、炉墙损坏等问题),为厂里挽回直接经济损失达 5 万余元。又如 2004 年 6 月,由于生产需要,对收尘系统进

行了调整,在刚开始启用后,炉气管经常出现故障,影响产品质量。他经过仔细观察,认真分析,并提出了可行性建议,后经分厂技术改进,调整后的收尘系统堵塞问题得到了解决。

2004 年的夏季温度之高,持续时间之长众所周知。在 800 多度的炉子旁干活,冬天时,康华秋同志常常干得都只穿衬衣。去年夏天正是生产最忙时,康华秋同志这位身材瘦小,平时在家再热连风扇都不用吹的人,在工作中干一个班要换二三套衣服,劳动强度非常之大。那段时间他曾听私下里对家人说:"真想休息两天,美美的睡上一觉。"这个对正常人一点都不过分的要求,因为工作忙却无法实现。就是在这样的工作环境,用这样的工作方法,康华秋同志一干就是 30 余年。

为有效控制生产,从 1996 年起,康华秋同志坚持每周义务上班至少一天,8 年来共上义务班 400 余个,每一天他总是第一个人最先来到岗位,也是最后一个离去。人们常说:"十年辛苦不寻常"。这一句话用在康华秋同志的身上恰如其纹,没有超强责任心的人,没有纯朴使命感的人是不可能这样做到的。

凭借丰富工作经验,解决生产难题

康华秋同志在不断深化改革的生产实践中,注重自我开发,刻苦钻研技术,依靠丰富的工作经验,解决了不少实际问题。几年来,经他提出的合理化建议和小改小革就多达 20 余项。

2004 年,煅烧炉收尘系统出现过去未曾出现过的故障,严重影响了正常生产。康华秋同志凭借着多年积累的实际操作经验,提出了整改意见,由于收尘水不合格,导致成品损失大,烟道水多、浪费化工原材料很大。他亲自对煅烧炉收尘系统进行调整,并提出可行性建议,后经分厂技术改进,调整后的收尘系统堵塞问题最终得到了解决。年底时,生产中又出现了产品一项元素超标,他又主动参与调查攻关,最终查出了原因,扭转了被动局面。

　　2004 年底,煅烧炉炉气系统发生故障,为了攻克这一技术壁垒,他一边查找原因,摸索经验,在排除炉气故障过程中,他浑身都沾满了产品,脸和口罩一片黢黑,由于他提供了可靠数据,改进后的炉气已畅通无阻。

　　康华秋同志在平凡的工作岗位上干出了不平凡的业绩,带头实践"三个代表",从康华秋同志的身上,看到的是那一种永不知疲倦的老黄牛精神,也体现了新一代核工业人爱厂如家、无私奉献的敬业精神。

生命的意义在生命之外

人物名片：

何文元同志，男，湖南长沙人，1941 年 6 月出生，初中文化，中共党员。1958 年 7 月参加工作，1995 年被中国核工业总公司授予核工业劳动模范的称号。

铀城夏天的早晨清新，沁人心脾。大清晨，马路上一个熟悉的身影骑着 28 型单车急匆匆往厂区赶，他就是在二七二厂检修行业颇具声誉的中国核工业集团劳模何文元。

在铀城提起何文元，大家都会竖起大拇指。一个只有初中文化的中共党员，这个长沙伢子，从株洲化工厂起步，再到湖南省轻化一厅担任钳工，一路辗转，于 1963 年调入二七二厂，从普通工人，干到大班长、车间主任。一干就是 39 年，他把青春、热血洒在了这片土地上。实现了人生的价值，追求与梦想。

此刻，他正赶往钛白工地。马路旁边绿叶成阴，清晨的小鸟一展歌喉，而他却无心流连。他想得更多的是，领导的嘱咐、同志们的期望。眼下企业正在转型之中，困难重重。由于产业结构进行调整，二七二的军品生产大幅度限产,铀生产任务也逐年减少,企业的经济效益大幅下降,处境艰难,出路在转民。

几天前,铀分厂领导找到何文元,告诉他总厂的决定,5000吨金红石型钛白粉工程的机械、电器设备安装大部分交给了我们来完成。

何文元在会上,当场表态:"只要领导信任,保证完成任务。"话虽说出,但心中还是有疑滤。昨天夜里,他召开了班组长会议,对工段检修人员进行了重新调整。

一会儿,他便到达了钛白粉厂安装现场,站在晨曦下。他想起了两年前,这儿还是一块未开垦的荒地,几座零星工棚,杂草丛生,满眼荆棘……如今,这里已是厂房林立,烟囱高矗,人声鼎沸,一片生机勃勃的兴旺景象。

何文元把几名小组长叫到旁边,亲切地说:"各位来得早,总厂项目部催得急,安装任务还要加大一倍,从今日起,你们得跟组员讲清楚,我们要连续加班。不然,工程进度难以保障,我们不能拖工厂的后腿。我拟了几点,供大家参考。从今日起,各安装小组要进行改革,一是组长分工要做到技术力量强弱互补;二是老职工和年轻人要搭配好;三是根据个人优势可以临时调整任务,增加工作量,干完活的小组要相互帮忙,四是任务单实现工分制度,月奖考核按照分期兑现,总分多的,自然拿的奖金也多。我们是一个团队,应该风雨同舟,荣辱与共。"

何段长的话,在组长中引起了反响。组长们各自接到任务,对工段及时调整安装任务与考核机制表示赞同,没想到大家的工作热情一下子就提高了许多。

位于厂子西北角,一栋20米高的厂房顶上的水洗塔,正在加紧施工。口令声、哨子声、响成一片……

工程指挥部的蒋副主任,拍了拍何文元的肩膀:"老何,这个庞然大物靠您了。"

蒋副主任说的庞然大物,不是别的东西,是一个直径超过两米,体重达数吨的"水洗塔"。

马路两边站了许多下班的职工,他们走走停停,有的人干脆坐在马路边休憩,想看看这震撼人心的一幕,亲眼目睹何文元的风采,有节奏的口哨和轻轻挥动的小红旗,把何文元的剪影映照在阳光下。

没有人知道,为了把这个庞然大物吊装到位,他已经不眠不休一个星期了。

一周之前,设备从加工厂运送到工地,厂里找不出能吊动此物的大型吊车。指挥部的蒋副主任找到了他:"老何,水洗塔已经到了工地,外包费用太大,前期负责安装的一支队伍,被这一头疲软的巨无霸吓跑了,这个东西恐怕只好请您出手,如果不及时吊装到位,就会影响整个工程的进度。"

何文元当时,心中没有底,但还是点了点头。

一连三天,他都在工段向职工发出了嘉奖令,可是,没有一个人想出好点子。少数人心灰意冷,说:"段长,算了吧,建安公司、机电公司都搞不了,我们何必要受这份罪呢?"

还有人讥笑:"没那能耐,就别硬撑了。可别搬起石头砸自己的脚啊!"

是战友的忠告,也是担心。一时间,打着退堂鼓的人,冷嘲热讽的人,看热闹的人,还真不小。

何文元这个长沙伢子,性格有点霸蛮。他对工友说:"既然我们挑起了这副担子,就不能轻言放弃。"

下班了,人群渐散。

他顶着烈焰红日,时而爬上楼顶,时而来到地面。

观察地形与厂房结构,拿出图纸,找数据,核算、测量……

晚上拖着疲惫的身体回到了家中,什么话都不说,往床上一躺,半天不动。把妻子吓坏了,妻子马上伸手探了探他的额头,关切地问:"老何,你怎么了,是不是病了呢?"

"没病,遇到头疼的事了。"

妻子疑惑地问:"没病,怎么会头疼呢?!"

他看到妻子一副紧张状态,他爽朗地笑了:"工作上的一点事情,让你担心了。"

妻子在生活区上班,每天八小时,比起他来,工作要轻松些。看到丈夫因工作的事情烦恼,便宽心地劝慰着:"没有过不去的坎,总会想到办法的,老何,相信你。"

妻子的一句话,让何文元舒坦了许多,那晚他睡了一个踏实觉。第二天清早,妻子对他说:"老何,你早点下班,晚上给你炒几个下酒菜,我等你回来。"

他回头注视妻子,微笑着:"嗯"了一声。心里却咯吱一下,他何尝不想早点下班回家陪妻子哦。可是,整个钛白现场忙得热火朝天,每天在现场安装的人,何止百人。几百个新招进厂的青工在等着要去上班,支柱民品钛白粉厂在等着试车。

连续几天的筹划、酝酿,设计周密的"龙门架"方案问世了。庞大笨重的"水洗塔"在他有条不紊的指挥下被吊离地面,缓缓地牵上了楼顶,成功了,"水洗塔"吊装成功了,围观的人群鼓起了掌。

这个世界没有人知道成功都的背后,有多少艰辛。

何文元说起学徒的艰辛,当年师傅告诉他,当钳工能够上了六级就了不得了。钳、电、铆、焊,什么都要懂。好的钳工技术是不一蹴而就的。所谓:冬练三九,夏练三伏,钳工技术粗中有细,是手上的活……

从他的眼神里,我看到了他的从容与自信。

用小钱解决大难题

人物名片：

　　王华同志，男，湖南衡南县人，1973年2月出生，大专文化，工程师，中共党员。1992年6月参加工作，历任二七二厂天友公司安全生产部部长，钛白粉厂车间主任，副厂长等职务，2006年被中华全国总工会授予全国五一劳动奖章。

　　1992年从大学毕业的王华，分配到二七二厂钛白粉厂担任技术员。十多年的时间里，他是唯一一个走过了整个钛白生产流程的技术员，或者说，他是与钛白粉一起成长的。2004年3月钛白粉开始技改至2005年10月，钛白粉厂"达产达标"，其他厂家有的用了6年，有的用了8年，而在二七二厂只用了一年半，钛白粉进行了产业升级，从原来的锐钛型提升到金红石钛白粉，利润空间增大了，技术含量更高了。

　　在钛白粉厂"达产达标"技改项目进入调试的关键时刻，金红车间闪蒸岗位突然发生工艺设备故障，生产流程受阻。工程师王华迅速组织职工查找原因，抢修设备。他带头钻进狭窄的设备里，一铲一锹地清运物料。洁白的钛白粉染白了他的头发、衣服和脸庞，简直像个雪人，员工都戏称他为"白衣仙子"。在他的带动下，员工们个个不甘示弱，人人争先恐后。经过5天5夜的连续奋战，共清出钛白粉物料20多吨，抢修设备两台，终于打通了生产流程，为达产达标赢得了宝贵时间。

2005年12月16日，金红生产线顺利通过了专家组的验收，王华所领导的金红车间党支部被中核集团公司党组授予先进党支部荣誉称号，王华获得了2006年"全国'五一'劳动奖章"。

面对记者，王华坦然地说："我们应当努力奋斗，有所作为。不虚度年华，并有可能在时间的沙滩上留下我们闪光的足迹。"多年来，他就是这样用实际行动诠释人生的。

2004年，二七二厂投资1亿多元建了一条金红石钛白粉生产线。2005年，中核集团公司领导和金原铀业公司党组要求对钛白粉生产进行技术改造，生产出合格的金红石钛白粉，并尽快达产达标。对钛白粉进行技术改造，从原来的锐钛型钛白粉到金红石钛白粉，意味着产品的附加值高，利润空间大，同时这也意味着技术含量更高，生产难度更大。有的厂家花了6年时间，有的甚至用了8年改造才成功。

金红车间在钛白的21项技改项目中占有6项，其中还有2项涉及到国外进口的技术和设备，是钛白技改的重点，也是钛白产量达标的关键。面对艰巨的任务，负责这次金红车间技改项目的总指挥王华毫不畏惧，组织全车间员工紧紧围绕钛白粉"达标达产"中心任务，开展了卓有成效的工作。他组织工程技术人员全力以赴设计技改方案，绘制施工图纸，建立达产达标网络图，运用目标管理的方法组织全车间职工大搞技术创新。先后对硫酸铝、胶溶槽、打浆、气粉下料、高压隔膜压滤和闪蒸干燥器进料等六大系统进行了技术改造，攻克了一个又一个技术难关。

工厂花了700多万元从国外引进了世界顶尖级的钛白粉生产设备，但开始运行时效果却很不理想，物料进不去，即使进去了，不锈钢螺旋的磨损也非常快，一个星期要换一个。换一个螺旋，一次花费三四万元，还要动用大量的人力来清理物料，每次更换还要停产好几天，一天至少减产 20 多吨。外国专家及上海代表处多次来人，并重新更换了经过他们改进的进料螺旋，但问题依然没法解决。某国专家坦言，这个难题连他们自己也还没有解决。

一个多月的时间，更换了 5 次螺旋，损失金额达 10 多万元，少生产钛白粉近千吨。王华看在眼里，急在心上。外国专家不行，我们自己上。王华凭着扎实的技术功底，与从事设备专业、工艺专业和机械专业的技术人员反复讨论、研究，查找相关资料，制定闪蒸进料螺旋的改造方案。一连 20 多天，王华和他的团队夜以继日地坚守在生产现场，集思广益，终于找到了问题的症结所在。他们只花了几百元，在一个"不太起眼"的地方进行了小小的技术改动，解决了外国专家没法解决的大难题，使螺旋的使用寿命得到延长，大幅度地降低了生产成本及员工的劳动强度。

高压隔膜压滤洗涤系统也是从某国进口的重要设备，是实现钛白"达产达标"的瓶颈。设计采用的是 55 米扬程的洗水泵，泵出水到达压滤机进口时只有 2 千克~3 千克的压力，无法满足正常水洗的条件，从而造成了水洗时间长，影响产能提高。王华组织技术人员对压滤系统进行改造，提高水洗压力，使水洗压力扬程由原来的 50 米提高到 70 米，缩短角洗时间，压滤周期从 2.5 小时减少到 1.5 小时，从而使产能由 30 吨/天提高到 50 吨/天。在后处理冷却水改造项目中，后处理冷却水经使用后，不再直接外排，而是引流到浓缩、水洗、转窑等几个岗位巡回反复使用，每吨产品可节约水 90 余吨，同时也节约了蒸汽，为企业创造了可观的经济效益。

平时王华对待员工如同兄弟，用真情凝聚了一个团队。大家发自内心地说："我们信任王华，更加佩服王华。"王华不仅敢啃"硬骨头"，也练就了一支敢打硬仗、敢啃"硬骨头"的职工队伍。

平凡岗位出彩人生

人物名片：

　　周富强同志，男，湖南祁东县人，1966 年 5 月出生，高中文化，中共党员。1982 年 12 月参加工作，历任纯化厂组长、煅烧工段长等职务。2015 年，荣获"湖南省劳动模范"荣誉称号。

　　1966 年初夏，周富强出生在湖南祁东县一个山清水秀的小山村。在那里，他度过了幸福的童年和快乐的少年时光。1982 年，年满 17 岁的周富强顶父职来到了二七二厂。

　　17 岁，在现代人的眼里，应该是在中学读书，应该是花季雨季的青葱少年。在那个特殊的年代，他们却早早地承载了使命。

　　从农村来到城里，这个懵懂、木讷、憨实小伙子，从第一天跟着师傅学习搬阀门，到自己独立操作，仅用三个月时间便完成角色转换。师傅评价他："比一般顶职的人更努力，是个好苗子。"

甘于平凡　坚守一线

1995 年秋,周富强从水冶球磨岗位转到了纯化煅烧岗位,依旧干着铀生产操作工,而且一干,又是二十余年,早已没有年少的青涩,却多了一份睿智与担当,他也由一名普通员工成为了一名骨干。

人到中年,两鬓花白。他仍然工作在一线,累了、困了,他还是改不了沿着煅烧炉转圈子的习惯,查查炉温、炉压,看看进料、出料螺旋是否正常。工具袋、加油瓶成了他的标志。从一楼到四楼,来来回回每个班都要往返十几趟,他一步一步丈量着人生,他一步一步仗量出了威信与能力。

2013 年,周富强获二七二铀业劳动模范,2014 年,获衡阳市劳动模范,2015,获湖南省劳动模范;他所在的工段荣获了中核集团安全优秀"三无班组"荣誉。

肩挑责任　使命必达

2010 年,二七二铀业建成了一条新的纯化生产钱,周富强被领导点名,出任工段长。煅烧工段是二七二纯化生产线最后一道工序,生产是否正常直接影响公司的效益,作为煅烧工段长,他深感责任重大。

为了保证四台煅烧炉的正常稳定运行,他上班的时候每天都会背着一个工具袋,提着油瓶,巡查于工序的各个岗位,设备的螺丝松了,他就会蹲下去紧一紧;减速箱油位低了就及时补加。工序的 24 台重点减速箱,没有一台是因为缺油而损坏。

炉筒在高温下运行,受到环境的影响会出现周期性的裂缝或断裂。如不及时发现,就可能导致炉筒的断裂,影响产品质量。他通过日常的巡查、分析,能准确预测炉筒的检修时间。每一次煅烧炉大修,他都会主动参与,刚开始时,检修人员对他这个"全程监督员"不停的提要求颇有埋怨。时间长了,如果他不在身旁,检修人员还有点不适应。

近几年,炉筒的检修周期逐步延长,年度的检修频次逐步减少,检修质量越来越好。2015年下半年,炉筒运行达到了最佳状态,连续生产180天,创下了煅烧单炉运行时间最长新纪录。

人生出彩　重在技能

2014年,二七二铀业研制了一台新型煅烧炉。新型煅烧炉的各项设计指标是否达到预期,需要通过实践来验证。周富强同志作为煅烧工序的技术带头人,在最短的时间内掌握了新煅烧的操作方法,并亲自给员工上课,详细指导大家如何真确操作设备,他所传授的各种工况判断方法,都是他通过一次次的摸索和实践积累得到的宝贵经验。

为了打好这一场攻坚战,那段时间里周富强的生活基本上是围绕着新炉子在转,只要接到现场的电话,二话不说,放下电话直奔现场……数个月的苦战与努力,多少个日日夜夜就在进料、出桶中流逝。通过他和同志们的精心调试,新煅烧炉的产能达到了传统煅烧炉的两倍。

熟悉他的人都知道,周富强在技术上取得成功是必然的,因为,他静得下心,钻得进去,因为,他对工作执著敬业。

这几年,周富强带领煅烧工序的技术团队,解决了10多项困扰生产的技术难题。他工作了35年,二七二的核品产能番了几翻,质量上升了7个百分点,劳动生产率提高了30%。

第 **6** 部分

文化

魅力铀城
MEI LI YOU CHENG

铀城录

韶光流转,春秋轮回,沧海横流,英雄辈出。

文化铀城从最初倡导的"六字"厂风,到提炼为"团结求实,严细创新"精神,再到"融"文化的形成。她不是一篇简单的诗词,一组书画,一座浮雕,一首歌谣……她是由地域文化、核文化、安全文化、广场文化、社区文化等等组成的一幅长卷、一本书、一帧摄影……

文化铀城的凝聚是一条莺飞草长的幸福花径,是涅槃重生的一缕淡淡的沉香。她托起了铀城的人希望与梦想,铸成了铀城的魂,照亮了铀城山水……展示了铀城人旺盛的生命力。

"文化铀城录"录,只是一个时代的缩影,一个起点,是追逐梦想的开始,是长风破浪未有时,直挂云帆济沧海的序曲……

▶▶▶

一张小报启迪智慧人生

筚路蓝缕，以启山林。这最早《二七二厂报》的发刊词。1984 年 9 月 20 日《二七二厂报》诞生了。

她创刊于改革的金秋，如新生儿笑眯眯地向铀城人致意。

当时有人问：这生命是纤细的小草？还是强劲的雄鹰呢？

秋天是收获的季节，所有耕耘与播种的劳动都应得到回报。

如果把二七二厂比作花园，那么这个小小的生命就如花圃中的金菊，正是这个季节绽放的小花。

她是在厂党委领导下，经过全厂广大职工和兄弟单位的大力支持以及编辑记者全体同仁共同齐心努力的结果。

1984 年 9 月的创刊号上，厂党委书记张鑫铎亲自撰文，鼓励办报同仁要做党的喉舌，并强调："水能载舟，群众是水，编者是舟，没有水的浮力，船再大也是枉然。"

至此，这一张小报，乘风沐雨，面向基层和组班，面向工厂和生活，做到了有感而发，同大家掏心里话，做读者的知音。

一晃走过数年，虽然中途两次停刊，更名为《宣传学习材料》《天原友》，但又再次复出。终于，走向强大丰满为今天的《二七二铀业》。

没有衰老的企业，只有衰老的人，企业会通过改造而年轻。而文化的传承,则是通过浓缩和提炼为成功的企业文化。

2006年8月厂党委副书记李昆明为《天原友》撰写发刊词,他说,上世纪八十年代初,我厂创办了《二七二厂报》,让第一次和第二次创业者为之欢欣鼓舞。曾几何时,厂报为我们中的许多同志提供了笔耕的沃土,欢言的园地,畅想的空间,后来又成为我们一段美好的回忆。今天,伴随着核工业春天的脚步和我厂再创辉煌的鼓声,《天原友》饱含深厚的文化底蕴,充满开拓创新,科学发展的时代气息向大家走来了!

《天原友》的寓意拟建的天原友公司与现有的天友公司同享蓝天,共谋发展。

《天原友》于2009年9月停刊,一直办到二七二厂的改制。

寻着三十多年办报人的脉络,我们可以看到企业的发展轨迹,它填补了文化的空白,建设了形象平台,记录了辉煌的历史,报道了企业的成就,弘扬了核文化,凝聚了队伍。

一台晚会浓缩人生精华

家人说:我们在这儿生活了这么多年,今天才发现铀城很美。

我说,生活中并不缺少美,只是我们缺少发现美的眼睛。

铀城的春天总是比别处来得更早些,"融"文化与八大花园,将山水铀城,文化铀城紧密相连。这里有诗意的茶花,有暖意的春风,有深邃的天空。这里,山成了湘江的点缀,铀城成了诗意的象征。

"隔岸看山景不同,好山何必过江东。波心欲撼层岚影,白鹭一双飞碧空。"这就是铀城的山。与水相牵,与水相连,山水注满了灵性,注满了温情。

晚会太棒了!

1990 年 9 月 29 日,二七二厂在建国 41 周年前夕举办了一场文娱晚会。在我的印象中,这应是二七二厂第一次举办的文娱晚会。

当时,有人用十个字赞扬那一台晚会:不看不知道,晚会真奇妙!

当夜幕慢慢笼罩大地时,俱乐部华灯初放,一片灯火通明,灯光球场上十几盏大灯将球场照射得如同白昼,场内人头攒动,各式灯光设备错落有致,鼓乐齐备、气派非凡。工会主席吴鉴良宣布晚会开始。自此,一台精心组织编排的晚会拉开帷幕。

领导廖湘涛、胡海泉、方熊飞、吴鉴良参加的机关合唱队的演出《团结就是力量》放在开场。歌典唱得气宇轩昂，荡气回肠，令人精神为之一振，预示着晚会主题鲜明，格调高雅。接着是舞蹈、歌曲、气功、健美操表演，期间有脚踏板、京剧清唱等形式多样的节目穿插，如行云流水，跌宕起伏，异彩纷呈。大型书法表演，在二七二厂是首次亮相，邹光华、贺定之、苏文斌、李伟忠四位书法写手，依次排开，双手提动如橼的大笔——拖布，在四张大纸上尽情挥洒，"亚洲雄风"几个大字跃然纸上，可谓气势磅礴。教育处的娘子军穿上华丽的服饰伴舞，步履婀娜多姿，轻车熟路，得心应手，张飞翔的歌声刚劲有力，美妙动听。

　　钛白分厂的小品《对象》，研究所的《球迷》，技校的《望子成龙》铀分厂的《戒烟与搓衣板》四个小品都是喜剧，数量之多，演员临场发挥之出色，观众反映之热烈，都是前所未有。

　　尤其是铀分厂的陆奕自编、自导、自演《戒烟》给观众留下了深刻的印象，小陆的嗜烟如命及姚泽军扮演的老者一角，引得观众哈哈大笑。四个小品敢演，且演得贴近生活，惟妙惟肖，实在难得。厂里的美女青年，第一次登台表演时装秀，"一字步"在场内引起不少的轰动。姑娘们在旋转的彩灯辉映下，优美旋律的伴奏中，走出了第一组、第二组、第三组……观众们的疑虑打消了，代之而起的是佩服、赞叹！瞧她们，身着时髦的服装，或凌波微步，或嫣然巧笑，或美眉盼兮，或婉约空灵……他们钟灵毓秀，温暖如春。举手投足，充分展示了青春之美。

　　万人的俱乐部外场，热闹非凡，不知不觉晚会已近尾声。铀分厂的两龙早已按捺不住了，年轻的小伙子们在鞭炮锣鼓声中，将"双龙"舞得如吞云吐雾般好看。寓意着企业龙腾虎跃，蓬勃向上。

春晚一票难求

如果说，1990 年 9 月 29 日 ，铀厂在建国 41 周年前夕举办了一场文娱晚会是"锦"。

"铀城"自 2012 年开始举办春晚，那就是锦上添花。

2 月 4 日晚上 7 点 30 分（正月十三日），"5,4,3,2,1⋯⋯"伴随 LED 屏上的倒数计时和现场观众的齐声欢呼，铀厂"走向辉煌"新年文艺晚会在俱乐部拉开了序幕。

晚会以"走向辉煌"为主题，以"和谐发展，共创未来"为主线，充分利用宽阔的舞台和 LED 现代声光技术等载体，全面展示企业文化：广泛邀请周边单位联袂演出，努力营造和谐发展的良好氛围；精心策划设计的 VCR 展示和劳模宣传，实现了群众文化娱乐与企业形象和宣传工作的完美结合。丰富多彩的节目不断将晚会推向高潮。舞蹈《欢乐中国年》、歌伴舞《阳光路上》表达对明天的美好祝愿；尤其是舞蹈《咱们工人有力量》舞出了铀城人坚韧、团结、奋进的豪情；现代舞与歌曲联唱，用激情的歌声、帅气洒脱的舞姿酣畅淋漓展现出铀城年轻人的青春激情，舞出了年轻人的活力与风采；音诗画《劳模颂》展示出一幅幅先锋图谱，劳模们在平凡的岗位上动人的画面和感人的事迹。

先锋的力量无穷，先锋的价值无限。

告诉人们：先锋的力量是精神的力量。

精神富有是一切富有的源泉，可以战胜一切，可以创造一切！

先锋的价值是文化的价值，是融入血脉中的文化。

整台晚会在构建社会主义核心价值体系，提升人们的文化自觉和文化自信。

2013 年的"春涌铀城"新春文艺晚会，更加接地气，更加贴近生活。作家叶香创作的音诗画《超越梦想》，饱含深情地演绎了二七二人不惧艰辛，克服重重困难恢复纯化老线生产，提前完成生产任务的感人事迹，许多观众流下感动的泪水。

事后，许多铀城人给予了晚上很高的评价：晚会精彩纷呈；高潮不断；贴近生产、贴近生活；给铀城人民送上一盘精神晚宴。

从《绿色家园，携手共建》到《新春晚会》，这几年节目的形式多样，各具特色，奋发积极，乐观向上的精神面貌展现二七二这个大社区下军民融洽，和谐发展的良好氛围。音诗画《金色年华》讲述了纯化奋进二十年的峥嵘岁月；小品《军民团结一家亲》表现了铀城人美好情怀；一年一度的新春晚会，给铀城人送来文化大餐，充分展现了铀城人精诚团结，积极向上，合力前行的精神风貌，同时与周边兄弟单位开展春节大联欢，也进一步传递了公司实现军民融合、和谐发展的坚定信念。

从此，铀城在雁城文化上，不能简单地理解为一个地域概念，而更应理解为一种文化概念。那"一票难求"的愿望，已经成为铀城人身份和文化的象征。

"众里寻他千百度，蓦然回首，那人却在灯火阑珊处。"铀城的春晚，年年都会把元宵节推向一个高潮。

"筑梦铀城"春晚的喜悦还会散去，元宵节就到了。那些余音绕梁的况味，那些婀娜多姿的风采，那些令人难忘的笑颜……一去不返！而我们又在期待明年的春晚，又会将观众的口味吊到什么样的高度？

一曲花灯看透古今故事

"少儿不识月,呼做白玉盘",城里住久,如今已看不到碧玉圆润的明月也有些年头了。

元宵节是中国的传统节日,早在2000多年前的西汉就有了,元宵赏灯始于东汉明帝时期,明帝提倡佛教,据说佛教有正月十五日僧人观佛舍利,点灯敬佛的做法,明帝就命令这一天夜晚在皇宫和寺庙里点灯敬佛,令士族庶民都挂灯。以后这种佛教礼仪节日逐渐形成民间盛大的节日。

关于元宵节的来历,民间传说众多,宋代更盛。英国史学家汤因比曾说:"如果让我选择,我愿意生活在中国的宋代。"

那是一个不错的朝代,苏东坡虽曾说:"灯火家家有,笙歌处处楼。"我更愿选择的是张择端《清明上河图》展开的北宋都城汴京(开封),当然钱塘(杭州)也不错,烟柳画桥,风帘翠幕,看不到三秋桂子,十里荷花,但在不经意间就能碰见一个二八的江南女子。她着一袭素锦旗袍,路过鹦鹉州,留恋铜雀台。回望灯如花,未语人先羞。玲珑的心事,纤纤的细手,任发丝缠绕双眸,有着倾国倾城的容颜,穿越宋代的烟雨,走过季节轮回,散落一地的却是薄荷般清凉的记忆。

宋代的元宵节共五天,让我穿越去宋朝。我选择正月十五,不吃火锅,只吃"东坡肉"。如果在北宋,就吃油锤;在南宋,就吃元宵(汤圆)。这两种元宵节食品现在还有,但到宋代吃才有原汁原味,不像现在,心境变了,过节的氛围也淡了。商品经济的发展,人们对物质生活的追求多了。精神层面的东西就空乏无力。至少观花灯,猜字谜,得找一位宋代诗人跟在身后,感受盎然的诗意在灯树上光照千年。如果跟随我的是苏东坡,"飞火乱星球,浅黛横波翠欲流",这是宿州的元宵;"明月如霜,照见人如画",这是钱塘的不夜天。

中国的文化是唐宋把它推向了巅峰。斗转星移,沧海桑田,作为黑头发黄皮肤的中国人,对中国文化的传承,始终一脉相承,有耍龙、舞狮、跑旱船、踩高跷、猜灯谜、扭秧歌等很多娱乐节目,但"看春晚,闹元宵"可谓当下中国文化的重头戏。

元宵节,是中国的传统节日,是民族文化浸染的节日。温婉浪漫的诗词,文辞精妙的灯联、灯谜构成了饶有雅趣的元宵节文化。只是岁月迁演之后,传统元宵所承载的文化节俗功能被日渐淡化,人们逐渐失去了曾共同的精神兴趣,曾轰轰烈烈的传统的节俗已简而化之。传统元宵佳节,蕴含着丰富

的文化因子,岂能渐行渐远渐无形,而应且行且走且珍惜……花灯盏盏,零零落落下的光影,映照在铀城人的心里。每一盏花灯,我都会细细观赏,它的结构、图案、肌理。灯光,透出一点点的光晕,想象扎灯人巧手拨弄,用温柔的目光许久凝视。每盏灯都寄予了铀城人对美好生活的期望,美梦长明,未来长明。每一个细处都埋藏着怎样的故事,又遗落了怎样的琴音。

让我们穿越到 1987 年元宵节吧!去看看那一年的花灯,那是铀城唯一的一次元宵灯会!

六时半,玩灯的、观灯的、聚焦在俱乐部门前的大坪上。七时许,鞭炮鸣响,鼓乐大作。厂碑的高台座基上,亮起了两台摄影机,铀城的灯光亮了起来,霎时夜色全消,如同白昼。"振兴二七二"的大横幅,鲜艳夺目,熠熠生辉。人潮如涌,在激动、在亢奋、在澎湃起舞。在许多幅大红横幅的后面,是满载着锣鼓的车队,车头上的大白兔颔首不止,仿佛在向激昂的人群祝福。

"龙"在滚地翻腾,一百五十多盏各种形状的彩灯拉成了长蛇阵,在有节奏的蠕动。灯队经过平顶楼区,住户们以极大的热情迎接自己的报春使者,彩炮在天空飞射、穿梭,爆竹在层楼的各个窗口鸣放。热闹非常,热烈非常。

"龙珠"奔放地舞出各种姿势,"龙"在豪情遒劲地翻滚。锣鼓在不停地铿锵,人的情绪在激昂地高涨。灯与鼓乐,热情汇集的队伍,流动到哪里,哪里就成了欢乐的海,激动的海,沸腾的海。

经过十字路口,那平时开阔的地面,如今是黑压压的人群,沸腾的热浪掀起了无可遏止的高峰。灯流经过东山楼区,再次引起欢腾的激动。谁的心里都充满一种难以言状的亲切、热烈、振奋的情绪。

这是我们自己的灯队,是我们建厂以来的第一次组织的元宵灯会。这灯,这人流,似乎是一种展示、一种预报、一种象征。展示着人的活力、豪迈激情;预报着春的来临、改革将不断取得成功;象征着人的追求、亢奋。这一切又仿佛在告诉人们:二七二厂要振兴,二七二厂一定会振兴!

这灯队,不但激动了本厂的人,同时也激动临厂的工人和附近的农民,街上的商人。

一位 710 厂的老人追着灯队说:"我在这里住了二十多年了,第一次看到这样热闹的场面,二七二厂真是了不起!"

明代大画家唐伯虎曾为元宵灯会赋诗:"有灯无月不娱人,有月无灯不算春。春到人间人似玉,灯烧月下月如银,满街珠翠游春女,沸地笙歌赛社神。不展芳樽开口笑,如何消得此良辰。"我们的时代不缺诗人、画家。这灯的激昂印记,这沸腾亢奋的人群,这热烈光彩的场面,定会产生出更美好的画、更动人的诗。

扬新弃旧的安全文化

　　生活在二七二这片神奇的土地上的铀城人对安全环境保护要求很高。"核无小事，安全发展。绿色家园，美丽铀城。"是这一届班子的安全环保理念。

　　安全第一，安全是企业的生命，安全就是效益……这些安全标语早已熟记于心。

　　2017 年 9 月 19 日，我采访了安全质量处处长李涛：毕业于重庆大学的李涛，在二七二已工作了 19 年。2007 年通过竞聘走上领导岗位，在动力分厂副厂长的位置上一干就是 7 年，动力厂是提供水电气的动力保障，已入不惑之年的李涛于 2014 年 3 月调任安质处处长，这对于他来说又是一个挑战，责任与权力似乎永远是成正比例的。

　　李涛是一个很阳光的领导，阳光的心态可以看出他的自信和对工作的满意。我提出的每一个问题，不到三秒钟，他就能够疏理成篇，而且是条理清晰地回答。

　　他说，在二七二的安全生产历史上，曾创下了连续"十六年"无工亡事故的辉煌篇章。但在成绩面前，在经历了企业改制浪潮之后，我们的一些领导干部放松了管理，员工思想波动，"三违"现象横行，事故频发。2013 年接连发生"1.11"火灾事故和"11.16"车辆侧翻死亡事故。面对严峻的安全生产形势和面临深化改革的新形势、新特点。公司全体干群深刻反思，剖析事故原因，吸取教训。实施POLCA管理模式，创新安全机制，加强安全管理考核，开展安全生产标准化达标建设，重拳出击，扭转了不利安全环保局面。

更新理念

李涛同志说得对，人生欲求安全，企业的安全生产更加重要。从集团、中国铀业到铀业公司，提出的安全环保理念是：标准高、要求高、管理更规范。

二七二铀业公司的安全管理是借鉴中国核电的管理"做一名有高度责任心的核工业人。"安质处共有11人，管理安全环保的只有6人，就算他们有三头六臂不依靠大家也休想管理好安全环保工作。所以，必须更新理念和安全管理模式，要想管理好全公司的安全环保工作，还得依靠二级单位和基层领导。

"明确责任，狠抓落实"，对于从事安全生产工作的同志而言，应该耳熟能详，铭记于心。层层落实安全责任制，所谓"安全生产责任制"，简单表述就是"居其位，谋其政"，"谁主管，谁负责"。即纵向到底、横向到边。

李涛说，原来的安全管理是靠小部分人，现在是全员参与；原来的安全管理模式是每人签订一份安全责任状就了事了，更多的是重于形式。现在是各司其职，从2014年下半年开始，安质处更新了管理办法与考核措施：员工根据自己的职责，不同的岗位、不同的要求，量化考核，每个人所承担的责任是不一样的，层层签订安全责任状。

如：员工做好自身的安全，车间主任要对车间安全风险负责，包括员工的安全培训、隐患排查、每周的例行安全检查，在时间、频率、内容等方方面面进行更新，按照标准开展工作。

重拳出击

从 2014 年起,二七二坚持"党政同责、一岗双责、失职追责","管生产必须管安全、管业务必须管安全"的原则,进一步完美了公司的安全环保责任体系,严肃问责,严厉打击"三违"行为。公司修订了《安全生产责任追究考核管理规定》发布了《习惯性违章举报考核管理办法》,在实施全员连带责任考核的同时,鼓励全体员工参与反违章,加大打击和处罚力度,经查证属实的习惯性违章行为,对举报人员每起奖 1 万元,形成反"三违"的高压态势,扼制人的不安全行为。

李涛说,仅 2017 年上半年,已进行安全生产责任追究 10 起,处罚金额 16970 元。

我说:"对举报人真的进行奖励了?"

李涛说:"今年就有一个人拿到了 1 万元的奖励。"

"你处罚别人,自己罚了钱吗?"

李涛笑了笑说:"罚了。"

"什么原因?"

"连带责任。"

"罚了多少呢?"

"3000 元,而且是自己主动到财务交的钱。"

习总书记说,打铁还要自身硬。一个部门的主管领导能够做到这样,就很了不起了。

众所周知,"安全第一、预防为主"、安全生产"责任重于泰山""安全就是效益"等思想观念,已经深入人心,并作为企业日常工作、生活的标尺,已广泛被人们所接受、认同。只有牢固树立"安全第一"的思想,带着一股敢于碰硬的精神和不达目的不罢休的韧劲,将个人的成败得失放在一边,排除各种有形无形的干扰,化解各种或隐或显的矛盾,解决各种或大或小的问题,并善于总结实践经验,努力完善工作措施,安全生产才能出现良好的局面,才能稳定人心,稳定社会。才能使企业发展迈向更好的发展轨迹,才能营造一个良好氛围。

加大投入

安全生产必须深刻认识到它的艰巨性和长期性,是一项长期不懈的任务。

古人曰:"千里之堤,溃于蚁穴",说的就是这个道理。虽然,近几年公司的安全工作与前几年相比趋向好转,但"1.11"火灾事故和"11.16"车辆侧翻死亡事故教训非常惨痛。这就要求我们从事安全工作的同志,只能"夙兴夜寐,无一日之懈",绝不可"偶尔得志,暂快一时"。作为管理企业的领导更应清楚地认识到,要搞好安全生产工作,必要的投入是不能少的。

公司严格按照《安全生产费用提取和使用管理制度》要求,足额提取安全生产费用,保障安全生产的投入。2017年提取安全生产费用268万元。

我问李涛,这样的投入是不是少了点。

李涛说,这是必须的开支,但很多安措改造都是通过项目带动投入的。如:2014年安全环保改造投入就达3000万;纯化厂黄烟治理,公司又投入了3000万;核应急系统建设,核安全整治,实体保护,国家投入资金达1个亿。还二七二碧水蓝天,是我们这一代人的愿望。

南丁格尔说:"人生欲求安全。当有五要。一清洁空气,二澄清饮水,三流通沟渠,四扫洒屋宇,五日光充足。"

笔者认为:生物的进化同环境的变化有很大关系,生物只有适应环境,才能生存。这跟中国古代儒家思想是相通的,荀子曰:"天行有常,不为尧存,不为桀亡。"可见环境与人类的生存息息相关,它为人类提供了各种物质和能量,是人类存在、延续的物质基础。安全的投入环境的改善是一项长期而艰巨的任务,企业一刻也不能懈怠。

强化管理

近几年,为搞好安全生产管理,实行公司领导带班制,每天有一名领导深入基层,深入现场,掌握工作现场存在的突出问题,排查隐患,纠正"三违",对发现的"三违"实行高压态势,按章严厉考核。实施全员安全环保风险抵押制,把安全绩效列入公司 JYK 考核,强化措施,提升安全管理水平。公司尾矿库、305 库、纯化生产线、转化生产线列为集团公司安全环保风险点,为做好上述设施的管控,结合安全生产标准化达标创建,将其列为公司的一级风险点,并对公司的风险点进行了重新识别、分析,定期对风险点和重大危险源评估,对重点安全环保风险点实行分级监管,落实监管单位和责任人,落实防范措施,对重点风险点的存在隐患及时整改。

开展应急演练,提升应急处置能力,总结经验,查找不足,完善预案。同时,以安全大检查为契机,对照安全生产标准化要求,对纯化、转化、锆铪等生产单位进行对标检查。公司建立了二级单位交叉检查制度,每月安排两次二级单位交叉检查,由检查单位制定检查方案并组织实施,向安质部门提交检查报告。如纯化厂原来的隐患排查一个月可能就是 7–8 项,对标之后,纯化现在一个月可查出近百上隐患,安质部对各单位上报的安全隐患,收录入档,列出整改计划,整改时间,要求各二级单位必须做到整改率达 100%。

公司的安全管理目标,就是要员工真正树立"以人为本,安全第一"的指导思想。把安全生产检查落实到具体的工作当中去,除了查隐患,还要查思想、查管理。企业的生产经济,必须把安全放在第一位,必须把安全当作企业生存和发展的首要问题来抓,要尽一切努力避免生产过程中所发生的伤亡事故、工艺事故和设备事故。通过开展安全教育,加强对安全生产的管理与监督,使安全工作制度化、规范化,将各种安全责任落实到人,从而形成了安全工作层层有人抓,事事有人管的良好局面,有力地保障了企业生产、技改、经营各项工作的顺利进行。

环保与职业健康

加强安全文化建设,加大《安全生产法》、《环境保护法》、《核安全法》宣贯力度,提高全体员工的法律意识,做到"全员、全过程"两个全覆盖,切实提高员工的"忧患意识、责任意识、诚信意识、敬畏意识和守法意识"是企业永恒的主题。

在环保方面:公司制定、执行流出物监测管理制度,对"三废"排放浓度进行监测,放射性废水实行槽式排放监测与审批管理;固废实行集中收集统一处置;废气严格经过除尘、除氮氧化物、除氨系统处理,通过烟囱达标排放。对于员工的职业健康工作公司十分重视。

按照国家关于个人剂量监测和健康管理的规定,公司委托取得相关资质的单位开展了放射性工作人员个人剂量监测和职业健康检查,建立个人剂量档案和职业健康监护档案。如:个人剂量仪的佩戴,安质部门是花了大力气的,规定在作业场所含放射性的岗位上,每名员工上班时都必须佩戴个人剂量仪。安质部门定期对作业场所、作业环境,放射性、有毒有害气体进行监测。

对R气溶胶较高的场所,采取"封闭"的措施进行隔离,凡需要检修设备,必先开启通风系统。如:纯化257岗位就进行了封闭;沉淀岗位过去"氨味"偏重,经通风系统改造后,环境好了许多。目前二七二,每两年都要对全员职工进行一次体检,近两届体检中,没有发现一例"职业病。"

之前的老职业病,如:江边泵房高压电机引起的噪音耳聋,岗位已经搬迁,现在值班室已搬了出来,员工巡视时都配有耳塞。为了提高员工职业卫生与防护意识,安质部门经常组织开展知识讲座和培训。

对于员工的人文关怀与职业防护,安质部按照谢凌峰总经理提出的"三个不到位"不允生产的原则加强管理与监督。如:转化、锆铪厂新建项目,安全环保做到万无一失。在两个单位建设调试阶段,多次进行安全技术排查,整改项目达千项。转化厂员工的穿的是 A 级防护服,为了达到安全环保要求,员工开展应急演练,如 30 秒穿好衣服,达不到要求,要反复演练,副总工程师胡锦明亲自到现场督装。

李涛说,转化厂的开车时间,原本定在 2016 年 5 月份,由于未达到安措环保要求,我们聘请了 404、814 的专家,长时间开展现场排查与整改。花了大半年的时间,结果到今年 2 月 27 日才带料试车。

抓好安全环保工作,多年来二七二就不曾懈怠过,但是新的"安标、环评",又赋予了我们新的责任。

李涛是一个善谈的处长,他思路敏捷,语速较快,充满智慧。近几年,二七二未发生生产安全事故,千人负伤率为 0,流出物达标排放率 100%,无环保污染事故,核设施及重点安全环保风险点安全受控。这些成绩的取得无疑与他管理的团队是分不开的。

他说,2015 年、2016 年安全环保工作连续两年被中核集团公司地矿事业部评为安全生产先进单位。公司以"我是有高度责任心的核工业人"的安全文化理念,实现从我要安全的科学管理进步到我要安全的文化管理,达成广大员工的共同愿景、自觉行动。

采访结束时,我要李涛同志谈谈管理安全环保工作的心得。

他说:对于管理安全的领导,首先,应坚持党政同责、一岗双责;其次,狠抓责任追究和失职追责。一旦出现重大特大事故,拿出责任状是问,凡是责任事故,必须追究责任,该谁承担的责任,就由谁承担。即便是:"挥泪斩马谡",在"挥泪"的同时,还是要处斩。

笔者认为：要抓好安全环保工作，归要结蒂还是两句话：一是落实；二是追究。光落实不追究，无法落实。落实是法律追究的依据，追究是落实的刚性手段。

据我了解，世上很少有这样的企业，针对一个违章，可以重罚到 1 万元钱，吸一支香烟罚 2000 元，这就是二七二铀业公司合而不同，扬新弃旧的安全文化。

第 7 部分
军民
魅力铀城
MEI LI YOU CHENG
融合

　　一个企业之所以伟大,在于她的开放和包容程度,在于企业家的情怀和担当精神。

　　湖南白沙绿岛军民融合产业示范园区的成功打造,得到了科工局、中核集团、湖南省、衡阳市政府的大力支持。一个全新的"二七二"将以新起点、新格局、新梦想,踏上新的征程!

▶▶▶

大趋势 大格局 大情怀

　　"十三五"是实现我国由核大国向核强国转变的关键时期。为落实十八大以来的重要精神,依托"一带一路"和长江经济带发展战略,以国防科工局、中核集团和省市规划为指引,牢固树立"创新、协调、绿色、开放、共享"的发展理念,坚持创新驱动,推动国防建设和经济建设融合发展,加速湖南由军工大省向军工强省迈进。

　　2015 年 3 月,习近平在出席十二届全国人大三次会议解放军代表团全体会议时作了重要讲话,鲜明提出把军民融合发展上升为国家战略。开创强军新局面,加快形成全要素、多领域、高效益的军民融合深度发展格局。

　　中核集团是国家核科技工业的主体,集团下属二七二铀业公司,坐落于湖南省衡阳市东南郊,在国家部委、集团公司以及省市党政的亲切关怀和正确领导下,在周边群众的大力支持下,抢抓机遇,共建湖南"白沙绿岛军民融合产业示范园",实现更广范围、更高层次、更深程度的军民融合,完全符合国家、中核集团、湖南省、衡阳市经济发展的需要,是一种大格局、大趋势。

　　经过一年多的努力,军民融合产业园得到了省市政府及集团公司的高度重视,现已纳入湖南省政府、衡阳市政府与中核集团的战略合作框架协议中,获得了湖南省军民融合专项政策和资金支持。目前已列入省、市"十三五"规划及重点项目名录,并获得连续三年拨付 3000 万元/年的资金支持,其中:核级海绵锆(铪)中试项目、铀转化生产线已获得省军民融合专项资金支持。

在军民融合和衡阳市作为中国制造"2025"试点城市相关政策支持下,挖掘湖南的核地质、核矿产、核医疗、核建设、核科教等诸多优势,推动中核与地方的紧密合作,促进湖南省核工业转型升级。

在资本运作方面,二七二以开放包容打造园区融资平台。与中核建二四公司、广晟集团合作,按 PPP 模式,完成基建投资。项目建设可以引进嘉实集团、清华启迪、中广核等战略投资,还可以与天星资本、中核集团共同形成投资基金。条件成熟时运用注册制,开展上市融资,落实规划经济圈发展投融资渠道。

公司坚持贯彻"稳中求进"工作总基调,以地方政府为主导,依托白沙工业园为载体,以二七二为项目责任主体,扎实推进湖南白沙绿岛军民融合产业示范园区建设。

2016 年 3 月 25 日,在衡阳市优秀企业、优秀企业家表彰大会上,谢凌峰

总经理被评为2015年度衡阳市优秀企业家。近年来,谢凌峰凭借过硬的政治素质和领导能力,带领二七二铀业在改革创新、规划发展、内部管理、安全环保、社会公益等方面做了大量工作,取得了突出成绩。尤其在公司规划发展上,他立足高远、精心谋划,用超前的战略眼光提出了企业"一个中心、三个发展点"的"十三五"发展规划和打造"湖南白沙绿岛军民融合产业示范园。"并千方百计争取资源,为促成规划落实而积极奔走,为企业实现新的经济增长,带动二七二区域发展及地方经济发展,进而实现军民融合、绿色发展,做出了重要贡献。

"湖南白沙绿岛军民融合产业示范园区"的总体发展思路是通过"12345"工作计划,即找准一个定位、统筹两大布局、综合四大资源、打造五个支柱、实现三项目标,做实"543"工程,将军民融合产业园区规划推进落地实施。

谢凌峰深知,要找准一个定位:就是要以核产业为龙头,以高端制造及智能服务为发展重点,以绿色安全为发展原则,打造国家级核产业军民融合

二七二新貌

示范基地,形成绿色生态、安全低碳的高标准产业集群。

他在公司全体党员干部会议上,反复灌入一个思想:一是"军转民",就是军事技术在民间的使用;二是"民参军",即民营主体参与军工市场。一方面,通过军民深度融合,盘活存量资产,吸引各种渠道资源进入安全领域,促进创新,加快核产业升级换代。另一方面,通过市场运作、军民深度融合的运行体系,就能由原来的"输血"转为"造血",促进核产业发展。统筹两个布局:一是整体布局:园区整体布局以二七二为中心,规划区域为整个半岛47平方公里,交通干道按"四纵三横"规划,内设18条园区道路,部署产业区、孵化区、商住区及预备区。 二是产业布局:以二七二现有产业为核心,重点布局核材料、核制造、核环保、核科技及核相关等五大支柱产业。

2017年8月13日,中核集团公司副总经理和自兴陪同湖南省省长许达哲到白沙绿岛产业园区视察时对姚泽军书记和谢凌峰总经理说:"你们赶上一个好时代,并把握了一个好的时机,相信你们一定可以干出一番大事业。"

目前,湖南白沙绿岛军民融合产业示范基地的主要支柱产业实现重点突破:二七二铀转化生产线项目建成试车,实现了产业延伸;锆铪中试项目已建成并取得阶段性成果,实现了科研成果产业化;独居石提铀、钍项目与合作方湖南稀土产业集团、盛和资源控股股份有限公司合作,成立了湖南中核金原新材料有限责任公司,召开了新公司第一次股东会及一届一次董事会并完成了新公司工商注册;天然铀商用储备库项目已完成可研及环评批复及场地"三通一平";现代物流储运项目与合作方红光物流初步完成了商业谈判,明确了项目开发方案及运作模式,其他项目均力争"十三五"期间落地实施。示范基地基础设施东西向八车道绿岛大道由衡阳市政府作为重点市政工程加快推进,已完成涉及的国土农田调规和初步选址环评,正在优化线路规划。园区始终践行绿色生态、安全低碳的发展原则,充分彰显核行业绿色安全发展自信,将作为中核与地方全面合作的窗口,加速湖南核工业与地方经济高度融合,对促进湖南省核产业转型升级具有十分重要的意义。

2017年9月6日至8日,中核集团党组书记、董事长王寿君一行莅临衡阳,在衡阳市委书记周农、市长郑建新的陪同下,对中核家园——白沙绿岛军民融合产业园进行考察。王寿君在听取相关情况介绍后表示,集团将全力支持衡阳市政府关于中核家园的发展规划,以专抓专班推进白沙绿岛军民融合产业园建设。

二七二铀业党委书记姚泽军在谈到军民融合产业园建设时说:"五大支柱产业落户园区后,我们的铀核产能;天然铀商用储备库;现代物流等项目,将成立子公司,实行独立经营,在二七二集团管理下,争取一年一个台阶,三年一小步,五年一大步,实现跨越式发展。从目前年产几个亿的产值,到几十个亿、几百个亿……终极目标是打造千亿级园区,打造湘水之滨的陆家嘴。"

打造五大产业支柱:"十三五",按照国际对标、国际竞争的要求,高标准打造核材料、核制造、核环保、核科技及核相关等五大支柱产业。通过五大产业带动,促进对外开放、核产业"走出去"战略。

"十三五"期间计划总投资77亿元,实现年总产值210亿元,年利润20亿元,年税收20亿元,容纳近10万人,形成产城融合,"十四五"年产值目标1000亿元。目前五大产业已经逐步落地,基础设施建设也在逐步开展,铀城将焕发新的生机和活力。

谢凌峰总经理正在全体中层干部会上说:"我们从事铀生产与科研的几代人,都是这个行业中的精英。从艰辛到甜蜜,从泪水到笑容。走到今天,我们成为这个行业中最好的最坚强的,最具有生命力的企业。"

栽得梧桐树,引得凤凰来。随着白沙绿岛军民融合产业示范的建设步阀加快,将有一大批企业入驻园区。

我们期待衡阳与中核集团携共进再发展,期待地方政府为我们创造一个最优的发展环境,将中核家园打造成军民融合发展的一张靓丽的名片。

岁月如流,光阴迈着一成不变的脚步,不疾不缓地走着,走过一个个春秋冬夏,走过一次次月缺日晴。群山崇岭,荒滩戈壁;大漠孤烟,长河落日,成就了中核人的梦想。

　　无论是本生本土成长的党委书记姚泽军，还是从贫瘠的乡村走出来的有着大山情怀的总经理谢凌峰，在经过岁月的历练后，他们共同走上了二七二铀业这个舞台，企业从负债累累之中，一点点走出困境，这是他们这届班子的骄傲。他们是最具吃苦，最会学习，最能战斗的企业家，也是最好的搭档。作为铀城的开拓者和领头雁，既立足现实，又面向未来，做事雷厉风行，有想像力，有影响力，能够怀柔天下，纵览全局。

　　湖南白沙绿岛"军民融合"产业示范园基地的打造成功，希望更多的企业和企业家参与到产业园的生态建设中来，人生是如此的精彩，尽管道路依然漫长，翅膀仍然沉重。

　　但我们的中国梦，中核梦，因此还在继续着，将生生不息！

后记

为了纪念建厂 60 周年，2017 年 4 月，我们开始策划《文化铀城》丛书。创作时，我手上资料很少，除了一部 1982 年前的厂史（密级），之后 36 年是空白的。

60 年了，难道就没有人想过写这本书吗？答案是肯定的。有，一定有人想过。书跟人有缘。或许我就是这个有缘人。

《文化铀城》丛书一共三部：报告文学《魅力铀城》，综合文集《铀城之声》，画册《铀城之韵》。《魅力铀城》必须赶在 2018 年 4 月之前出版，真正留给我创业的时间，不到一年（包括审核，申报、修改、校对与出版）。

谢凌峰总经理说，辛苦了！

姚泽军书记说，这本书是难写！

李章红书记说，就你一个人啊！我原以为有一个创作团队？！

老部长刘勇说,这不是搬砖头,干力气活,人多也没用。难就难在无资料可查。为了写好这本书,我采访了无数位耄耋之年的老人,他们多数是坐着轮椅、举着拐杖接受我的采访,这让我很感动。

这样的文字码得很辛苦,一点一滴在心头透着的岁月脉络。幸好,我早年在《二七二厂报》做过记者、编辑,了解"二次创业"全过程。写书,又得到了许多领导的支持,执念如初,缱绻盛开。悲喜感动,咫尺光阴。

有人说,出书为我留名。

我说,名也好,利也罢,自有后人评说。

人生没有可比性,成功需要运气,需要遇上好领导!

文人也是凡人,一生有许多羁绊、苦难多、做事多、走路多……人这一生,选择非常重要,一结选择,决不后悔。

这本书的创作过程中,我常处于两难境地,要采访的人,不知以何种身份去采访。认识你的,把你当作家,不了解的人,你算什么呢?拒绝,白眼,我坦然对之。但还是坚持把这本书写完。一年之中,累了就睡,醒了就写。此路不通,选择拐弯。心不快乐,挺一挺,便过去一天。过一天,有一天的收获,三千字、五千字一个个地码。我的心是平和的,一直保持着内在的通达与畅然,再大的忧郁都会是手心的那一粒沙子,松开手,便获得了内心的风清月朗。

60年对于一个企业并不算短,起起落落,不是三言两语说得清楚的。每届领导都有他们的执政理念,发展模式和愿景规划。我尽量不带个人的观点去写他们,不褒奖、不贬低、不评价。"实事求是"是这本书的创作准则!说实话,我也曾有过打退堂鼓的念头,幸得泽军书记的支持与厚爱!才坚持着、苦熬着,把这本书写完。

这本书本身就带着严肃的象征意义,秘密、厚重,没有丝毫的诗意。而我却在文字的世界里思考着、探索着……在局限的空间中,无限地向内延伸、寻找、探秘,始终以诗人的眼光注视着铀城的变迁。过惯了闲云野鹤生活的我,心更向往自由。行走在文字江湖,我手写我心,过银碗盛雪,明月藏鹭的生活,是文人的追求,而我只能在凌乱的都市中,寻找到一份笃定和从容。

打开历史的卷宗,看企业的过往,企业从高潮到低谷,再从低谷到高潮,浓缩为六个字"不放弃""有梦想"。

60年在历史的长河里,我们只是浪花一朵。这届领导要把二七二打造成"百年老店","文化先行"是对的。

《魅力铀城》与我们的遇见,是一种缘分,在这六十年间,我们没有错过,让我们想起许多前尘往事,感悟到我们就像一家人一样幸福地生活在这片诗意的土地上,感觉感受到更多的美好! 有人说,这样的文字虽然枯燥,但贴近烟火,接壤地气,有血性,很多的时候可以让人回到过去、回到生活、回到美好的记忆之中,这也是我创作这一部书的初衷。书中写到的人与事,都是真实存在的,一些特殊的个例,并非我有意为之,而是尊重历史,作了代言人,不当之处,还望谅解!

这本书,有很多缺陷,由于准备的不够充分,由于时间的仓促与保密的限制,由于本人的才华有限,半年之内创作了近四十万字,十易其稿,终成其书。

在此,真诚感谢王贺、王一兵、孟昭瑞、刘勇、贺定之先生的帮助! 感谢核工业《一报一刊》老师的厚爱！感谢各级领导的支持！

文字很轻，情怀很重。记忆的脉络，如掌纹清晰。

人民若有记忆，记得亲，记得痛！

国家若有记忆，识来路，知归途！

2017 年 12 月 25 日铀城